HERMANN HESSE

*Prix Nobel*

# Gertrude

ROMAN

TRADUIT DE L'ALLEMAND
PAR EDWIGE FRIEDLANDER



CALMANN-LEVY

*Paru dans Le Livre de Poche :*

NARCISSE ET GOLDMUND.
LE LOUP DES STEPPES.
SIDDHARTHA.
ROSSHALDE.
LE DERNIER ÉTÉ DE KLINGSOR.
PETER CAMENZIND.
DEMIAN.
KNULP.
L'ENFANCE D'UN MAGICIEN *(Série Biblio)*.
L'ORNIÈRE *(Série Biblio)*.
LE POÈTE CHINOIS *(Série Biblio)*.

*Titre original :*

GERTRUDE

# Gertrude

S'il fallait choisir une œuvre idéale pour aborder Hermann Hesse, ce pourraît être celle-ci. *Gertrude* se présente comme une romance, une simple histoire d'amour, la narration rêveuse d'un jeune romantique... En fait *Gertrude* annonce ses livres futurs. Les thèmes favoris de Hesse y sont réunis : la jeunesse exaltée, l'initiation, la musique, l'amour de la nature, la nécessité de la création et la quête de la sagesse. En 1910, lorsque paraît *Gertrude,* on ne connaît de l'écrivain que des poèmes et deux romans autobiographiques, *Peter Camenzind* (1904) et *L'Ornière* (1906), mais déjà se devinent chez lui l'influence de l'Inde et du bouddhisme, l'attrait pour la philosophie et la spiritualité et même le rôle de la psychanalyse.

Hermann Hesse a trente-trois ans. Il s'était marié en 1904, avec une femme de neuf ans son aînée, mais la recherche de la « femme maternelle », dont on retrouve l'image dans *Demian* et *Narcisse et Goldmund,* ne lui apporte pas le bonheur attendu. Il reste très marqué par l'atmosphère piétiste de son milieu familial, la tradition de l'apostolat protestant, mais aussi par la musique. Dès son adolescence, il connaissait Mozart, Haendel et Bach, et surtout il éprouvait une profonde admiration pour Hugo Wolf, le célèbre compositeur de lieder. C'est en pensant à lui que Hesse a écrit *Gertrude.*

Le roman se situe à la fin du siècle dernier. Pour répondre au défi d'une ravissante coquette, Kuhn, le héros et narrateur, lance sa luge dans une dangereuse descente. C'est l'accident inévitable. La jeune fille est indemne mais lui va rester infirme. Voici donc ce jeune homme brillant, insouciant et joyeux, blessé, humilié par une horrible claudication, s'isolant, se recroquevillant dans son amertume et sa souffrance. Et c'est précisément de cette confrontation avec lui-même que naît son amour pour la musique. « Je percevais de nouveau l'univers comme un chef-d'œuvre aux accords harmonieux et je savais qu'il n'y avait point de salut pour moi hors la musique. »

Comme Hugo Wolf, il se met à composer des lieder dans la fièvre et la frénésie. Bravant la tradition, il utilise des ruptures de tonalités, des variétés d'harmonies. « Je ne savais pas si cette musique était bonne », dit le narrateur de *Gertrude,* « mais je savais que c'était *ma* musique, elle était ma vie, elle était née en moi et n'avait été entendue nulle part. »

Après avoir découvert la musique, le héros rencontre l'amitié, sous les traits de Muoth, l'ensorcelant chanteur. Muoth le séduit d'abord par sa voix, mais c'est un être impérieux et tyrannique qui détruit les autres en se détruisant lui-même. Ce personnage double (qui est aussi le double du narrateur) favorise la carrière du compositeur. Mais cet ange protecteur est encore un ange déchu. Par son côté orgueilleux, tourmenté et sombre, il va captiver, envoûter la blanche et virginale Gertrude, cette jeune fille

*(Suite au verso.)*

sensible, douée d'une voix aérienne, qu'aimait précisément le héros, et la lui soustraire à jamais.

« Je pensais à la musique, je pensais à Gertrude Imthor, et ces deux courants mêlaient sans obstacle leur limpidité. La musique se répandait en une infinie splendeur et m'emportait sur une voie tendue d'or vers Gertrude... Je lui faisais don de ma musique, de mon souffle, de mes pensées et des battements de mon cœur, comme le promeneur matinal s'abandonne à l'éclat bleuté et léger des prairies dans la lumière de l'aurore... »

Gertrude ensorcelée par Muoth abandonne donc le compositeur à sa mélancolie. Mais cette mélancolie le transfigure. La musique, une fois de plus, le relève de ses souffrances : « J'ai l'impression que la vie humaine serait intolérable si elle n'était sillonnée, çà et là, d'éclairs dont la clarté soudaine est si consolante et si merveilleuse qu'elle efface en quelques secondes les années de ténèbres et peut les justifier. »

Dans ce roman très « fin de siècle », aux résonances mélodieuses, Hesse touche aux zones fragiles du cœur, peut-être à la façon d'un Tchekhov. Comme les élans de l'âme, les paroles sont incertaines. C'est le règne de la nostalgie et de la pudeur, mêlé à un doux sentiment de fatalisme.

Gertrude fait partie avec *Peter Camenzind, L'Ornière,* et *Rosshalde* des romans autobiographiques et réalistes de l'auteur. Mais le choc de la guerre 1914-1918 l'amène à revoir sa conception du monde. Il abandonne le roman psychologique pour le roman à caractère allégorique. Et il écrit *Demian* (1919), *Siddhartha* (1922), *Le Loup des steppes* (1927), *Narcisse et Goldmund* (1930), *Le Voyage en Orient* (1932) pour terminer par un récit d'anticipation et d'utopie, *Le Jeu des perles de verre* (1943).

Hermann Hesse, retiré à Montagnola dans le Tessin, après avoir choisi la nationalité suisse, meurt le 9 août 1962, dans sa quatre-vingt cinquième année, si discrètement qu'il aura fallu la réédition de ses œuvres chez Calmann-Lévy pour que l'on se souvienne du grand écrivain qui avait reçu le Prix Nobel en 1946.

Hesse, le voyageur, le découvreur de l'Orient, avait accompli sa destinée en appliquant à lui-même l'austère et sage règle : « Rentre en toi-même et médite. » Surmontant les épreuves, le cycle infernal de deux guerres, le chaos, la séparation, la rupture, au point de devenir « l'étranger » qui poursuit obstinément sa route, Hesse, à la fin de sa vie, rêve d'un ordre qui réconcilierait les différentes tendances spirituelles et atteindrait la suprême harmonie. *Le Jeu des perles de verre* apparaît alors comme son testament. Il aura été de ces écrivains qui auront voulu « changer la vie » et, à son insu, il aura entraîné une partie de la jeunesse des années 60.

De lui, Thomas Mann, un autre Nobel, un autre Allemand exilé, disait : « Son œuvre à plans multiples, toute chargée des problèmes du moi et du monde, est sans égale parmi les œuvres contemporaines. »

Nicole Chardaire.

Si, en témoin impartial, je jette un regard d'ensemble sur ma vie, elle ne semble guère heureuse. Mais je ne peux cependant la qualifier de malheureuse, malgré toutes mes erreurs. Et finalement, il est bien déraisonnable de se préoccuper de bonheur et de malheur, car il me semble que je renoncerais moins volontiers aux jours les plus tristes de ma vie qu'à tous ceux qui furent gais. Peut-être l'essentiel d'une vie humaine consiste-t-il à accepter consciemment l'inévitable, à vider la coupe du bien comme du mal, et à dominer soi-même son propre destin, sans concession au hasard et indépendamment de la fatalité extérieure; s'il en est ainsi, ma vie ne fut ni misérable ni malheureuse. Si la fatalité extérieure s'est abattue sur moi comme sur tous, inévitable, imposée par les dieux, ma destinée intérieure n'en a pas moins été mon œuvre propre, dont la douceur ou l'amertume dépendent de moi, et dont je pense pouvoir revendiquer seul la responsabilité.

J'ai parfois souhaité, il y a bien des années, devenir poète. Si j'y étais parvenu, je ne résisterais pas à la tentation de retracer ma vie jusque dans les contrées ombreuses et délicates de l'enfance, d'en remonter le cours jusqu'aux sources aimées et tendrement préservées des premiers souvenirs. Mais ce bien m'est devenu trop cher et trop précieux pour que je me plaise à le dégrader à mes propres yeux. Mon enfance fut belle et gaie, c'est tout ce que j'en puis dire; j'étais libre de découvrir moi-même mes goûts et mes dons, de créer moi-même mes joies et mes douleurs les plus profondes, et de ne pas considérer l'avenir comme une puissance étrangère et supérieure mais comme le but et le fruit de mes propres efforts. Je passai ainsi, intact, d'école en école, élève peu apprécié et peu doué, que l'on ne contrariait finalement guère puisqu'il ne semblait pouvoir subir de fortes influences.

Dès ma sixième ou septième année environ, je compris que parmi toutes les puissances invisibles c'était la musique qui avec le plus d'intensité allait s'emparer de moi et me soumettre à son pouvoir.

Dès lors, j'eus mon univers personnel, mon refuge et mon paradis dont nul ne pouvait diminuer la valeur ou me priver et que je ne souhaitais partager avec personne. J'étais musicien, bien que je n'eusse pas appris à jouer d'un instrument avant ma douzième année, ni pensé à gagner ma vie plus tard en écrivant de la musique.

Les choses en sont restées là, sans changement essentiel; c'est pourquoi ma vie me paraît rétrospectivement dépourvue d'éclat et de variété, et bien plutôt parcourue par une tonalité fondamentale, et orientée vers un seul but. Tout au long d'événements heureux ou malheureux, ma vie intérieure demeura inchangée. Je pouvais être longuement ballotté par des courants inconnus, ne pas toucher la moindre partition ni un instrument, une mélodie n'en demeurait pas moins à tout moment dans mon sang, sur mes lèvres, l'harmonie et le rythme animaient mon souffle et ma vie. Quel que fût mon désir de trouver dans nombre d'autres voies le salut, l'oubli, la délivrance, quelle que fût mon aspiration vers Dieu, la connaissance et la paix, je n'ai jamais rien trouvé de tout cela en dehors de la musique. Ce n'était pas nécessairement Beethoven ou Bach : le seul fait que la musique existât en ce monde, qu'un homme pût parfois être bouleversé et envahi jusqu'au fond de son cœur par des mélodies, des harmonies, voilà qui signifiait pour moi une profonde consolation et une justification sans cesse renouvelées de toute existence. Musique bien-aimée! Une mélodie vous vient à l'esprit, vous la chantez, mais d'une voix intérieure seulement, vous en imprégnez tout votre être, elle prend possession de toutes vos forces, de toutes vos émotions, et aussi longtemps qu'elle vit en vous tout ce qui s'y trouve de contingent, de mauvais, de grossier et de triste s'estompe; elle vous met en accord avec l'univers, elle ôte à l'existence ce qu'elle a de pesant et anime ce qu'elle a de figé. Voilà tout ce que peut la mélodie d'une seule chanson populaire! Et que dire de l'harmonie! Tout accord mélodieux de tonalités pures, même dans un carillon, peut à lui seul emplir l'âme de grâce et de volupté, et tout son qui s'y ajoute en accroît encore l'harmonie et peut parfois embraser le cœur que fait battre une félicité à nulle autre pareille.

De toutes les représentations de la béatitude imaginées par les peuples et les poètes, la plus grande et la plus profonde m'a toujours semblé être celle que l'on éprouve en écoutant l'harmonie des sphères. Mon rêve le plus intime, le plus précieux fut d'entendre, pour la durée d'un battement de cœur, résonner dans leur harmonie secrète toute la structure de l'univers et toutes les manifestations de la vie. Comment la vie peut-elle donc être aussi confuse, maussade et trompeuse, comment le mensonge, la méchanceté, l'envie et la haine peuvent-ils exister entre les hommes, lorsque la moindre chanson et la plus humble musique nous enseignent que la pureté, l'harmonie et le jeu fraternel de sons aux tonalités claires ouvrent le ciel! Et de quel droit puis-je moi-même gronder et m'irriter, puisque je n'ai pu, malgré toute ma bonne volonté, faire de ma vie un chant et une musique pure! Certes, j'entends au fond de moi une exhortation, je ressens le désir exigeant de sons et de résonances qui soient un bonheur par eux-mêmes; mes jours cependant ne sont que hasard et fausses notes, je me tourne de tous côtés, je frappe à toutes les portes, et nulle part je ne perçois d'écho pur et clair.

Mais en voilà assez, commençons le récit! Si je réfléchis et me demande pour qui je couvre ces feuillets, qui détient donc assez de pouvoir sur moi pour obtenir ma confession et briser ma solitude, il me faut prononcer un doux nom de femme, qui ne représente pas seulement pour moi une grande partie de ma vie et de mon destin, mais qui resplendit aussi comme une étoile et un noble symbole de toute mon existence.

C'EST seulement au cours des dernières années d'école, lorsque tous mes camarades se mirent à parler de leurs métiers futurs, que je me pris à y songer moi-même. Faire de la musique mon métier, mon gagne-pain, n'était en fait pas dans mes intentions, je ne pouvais cependant imaginer d'autre métier qui me plût. Je n'éprouvais pas de répulsion pour le commerce, ou autres professions que mon père me proposait : ils m'étaient tout simplement indifférents. Mais comme mes camarades se montraient très fiers des métiers qu'ils avaient choisis, que peut-être une voix intérieure plaidait aussi sa cause, il me parut tout indiqué de faire de la musique mon métier puisque, de toute façon, elle emplissait mes pensées et me procurait seule une joie réelle. J'allais pouvoir tirer parti d'études de violon commencées à l'âge de douze ans, sous la férule d'un bon professeur auquel je devais quelques notions satisfaisantes. Mon père était hostile à ce projet et craignait de voir son fils unique aborder une aléatoire carrière artistique, mais sa résistance même ne fit que renforcer mon dessein et le professeur, qui m'aimait bien, seconda mes vœux de toutes ses forces. A la fin, mon père céda mais, pour éprouver ma persévérance et dans l'espoir de me voir changer d'avis, on m'imposa encore une année d'école; je la subis avec une relative patience et n'en devins entre-temps que plus sûr de mon désir.

Pendant cette dernière année d'école, je m'épris pour la première fois d'une charmante jeune demoiselle de nos amies. Sans la voir beaucoup, ce que je ne désirai même pas tellement, je goûtai l'émoi du premier amour et en connus la souffrance comme en un rêve. Et c'est à cette époque, où je pensais toute la journée à ma musique autant qu'à mon amour et ne pouvais dormir la nuit sous l'effet de cette magnifique émotion, que je retins pour la première fois consciemment des mélodies qui m'étaient venues à l'esprit, deux petits *lieder* que je tentai de noter. Cela m'emplit d'une satisfaction mêlée de honte, profonde cependant, qui me fit presque complètement oublier ma puérile peine d'amour. Entre-temps, j'appris que ma bien-aimée prenait des leçons de chant et j'éprouvai le plus grand désir de l'entendre. Quelques mois plus tard, mon vœu fut exaucé lors d'une soirée chez mes parents. On pria la jolie jeune fille de chanter, elle se défendit vivement mais y fut finalement contrainte, et j'attendis avec une extraordinaire impatience. Un monsieur l'accompagna à notre piano étroit et petit, il joua quelques mesures et elle commença. Hélas! elle chantait mal, déplorablement mal. Ma consternation, mon affliction se transformèrent en pitié, puis en amusement, et je fus délivré de cette amourette.

J'étais un écolier patient; je n'étais pas vraiment paresseux mais certes pas un bon élève et, la dernière année, je ne fis plus d'efforts du tout. Ni la paresse ni mon amourette n'en étaient cause, mais un état de rêverie et d'indifférence juvéniles, une torpeur des sens et de l'esprit que seul interrompait parfois, avec une soudaine violence, un de ces merveilleux moments de précoce félicité créatrice qui m'emportait dans quelque monde immatériel. Je me sentais alors entouré d'une lumière limpide comme du cristal, incompatible avec la rêverie, l'inertie, qui mettait en éveil tous les sens aiguisés et attentifs. Le fruit de ces heures n'était guère abondant, dix mélodies peut-être et de rares débuts dc compositions harmoniques; mais je n'oubliai jamais plus l'éclat limpide, presque froid, de ces heures et l'intense concentration qui apportent à une mélodie le mouvement et la solution qui seuls lui conviennent, sans que rien soit dû au hasard. Je n'étais pas satisfait de ces petites réalisations et ne leur accordai jamais ni valeur ni qualité, mais je compris que rien dans ma vie ne serait aussi désirable et aussi important que le retour de ces éclatantes heures de création.

En même temps, je connus aussi des jours de rêverie, où j'improvisais au violon et où je goûtais la griserie d'inspirations passagères et d'impressions colorées. Mais je sus bientôt que ce n'était pas là de la composition, mais jeu et exubérance dont je devais me garder. Je remarquai la grande différence qu'il y avait entre l'abandon à des rêveries, la griserie d'instants délicieux et la lutte implacable et lucide contre des secrets de technique semblables à des ennemis. Je remarquai dès lors que la vraie création isole et exige des sacrifices incompatibles avec une vie agréable.

J'étais enfin libre, j'avais quitté l'école, pris congé de mes parents et abordé une existence nouvelle dans la capitale, où j'étais entré au Conservatoire. Je m'étais engagé dans cette voie plein d'espoir, persuadé que pour les études musicales je serais un bon élève. A ma grande stupéfaction, il en fut tout autrement. J'avais de la peine à suivre tous les cours, les leçons de piano que je devais prendre désormais ne m'apportaient que tourments, et toutes mes études se dressaient devant moi tels des sommets inaccessibles. Je ne songeais certes pas à renoncer à mon dessein, mais j'étais déçu et déconcerté; je voyais que malgré toute ma modestie je m'étais pris pour une sorte de génie et que j'avais sérieusement sousestimé les difficultés et les obstacles qu'il faut vaincre pour atteindre à l'art. De plus, mon goût pour la composition faiblit considérablement, car le moindre devoir ne m'offrait désormais que des amoncellements de difficultés et de règles; j'appris à me défier extrêmement de mon inspiration et je ne savais même plus si quelque étincelle divine brûlait en moi. Je me résignai donc, je fus en proie à l'humiliation et à la tristesse, j'exécutai mon travail à peu près comme je l'aurais fait dans un bureau ou une autre école, avec application et sans joie. Je ne pouvais me plaindre, surtout pas lorsque j'écrivais à mes parents, et je continuai à suivre la voie sur laquelle je m'étais engagé, sans rien dire de ma déception, mais j'avais décidé de devenir au moins un violoniste correct. Je faisais exercice sur exercice, j'avalais les durs reproches et l'ironie des professeurs, je voyais tel ou tel camarade, que j'en aurais jugé incapable, progresser sans peine et recueillir des éloges, et je limitais de plus en plus mes ambitions. Car même mes études de violon étaient si médiocres que je ne pouvais en tirer aucune fierté ni envisager une carrière de virtuose. Apparemment je ne pourrais, après beaucoup d'efforts et de travail, devenir qu'un artisan acceptable qui, dans quelque petit orchestre, joue modestement du violon, sans déshonneur et sans gloire, et gagne ainsi son pain.

Cette époque que j'avais tant désirée et dont j'avais tout attendu fut donc la seule dans ma vie où, abandonné par l'inspiration musicale, je suivis des chemins sans joie et ne perçus des jours durant pas la moindre sonorité. Là où j'avais cherché élévation, éclat et beauté, je ne trouvais qu'exigences, devoirs, difficultés et dangers. Si j'avais la moindre intuition musicale, elle se révélait banale, ou bien elle était manifestement en contradiction avec toutes les lois de l'art et ne pouvait par conséquent avoir la moindre valeur. Je fis donc une croix sur toutes mes nobles pensées et espérances. J'appartenais à la foule innombrable de ceux qui dans leur juvénile impudence s'étaient approchés de l'art, mais qui avaient perdu toute force lorsqu'il s'était agi d'entreprises sérieuses.

Cette situation se prolongea bien trois ans. J'avais alors plus de vingt ans, j'avais manifestement manqué ma vocation et ne suivais que par honte et devoir la voie sur laquelle je m'étais engagé. Je ne savais plus du tout ce qu'était la musique, je ne connaissais plus que des exercices de doigté, de difficiles devoirs, des contradictions dans les lois de l'harmonie, d'accablantes leçons de piano chez un professeur ironique qui, dans tous mes efforts, ne voyait que du temps perdu.

Si l'ancien idéal n'avait secrètement gardé son éclat dans mon cœur, j'aurais pu mener une vie fort agréable. J'étais libre, j'avais des amis, j'étais jeune, beau, plein de vigueur, mes parents étaient aisés. Par moments, j'appréciais tous ces avantages, je passais de joyeuses journées, j'avais des amourettes, je participais à des beuveries et à des voyages de vacances. Mais tout cela ne parvenait pas à me consoler. Je n'arrivais pas à prendre mon travail à la légère ni surtout à me réjouir de ma jeunesse. Sans que j'en fusse conscient, mon attirance pour l'idéal perdu d'une existence artiste transparaissait chaque fois que je n'y prenais garde; il m'était impossible d'oublier ma déception, de l'étouffer. Je n'y parvins vraiment qu'une seule fois.

Ce fut le jour le plus fou de ma folle jeunesse. Je courtisais alors une élève du célèbre professeur de chant H. Elle semblait se trouver dans la même situation que moi. Arrivée débordante d'espoir, elle avait trouvé des professeurs sévères, s'était découragée. Elle prit les choses du bon côté, flirta avec nous, ses condisciples, et réussit à nous tourner la tête à tous, ce qui n'était, à vrai dire, pas bien difficile.

Elle était pleine de vie, ardente, belle d'une de ces beautés qui passent.

Cette Lydie me fascinait par sa naïve coquetterie. Je n'étais pas tout le temps amoureux d'elle, je l'oubliais même parfois complètement, mais, en sa présence, j'étais de nouveau épris. Elle se jouait de moi comme des autres, me provoquait, savourait sa puissance, mais n'était guère guidée que par une sensualité curieuse due à sa jeunesse.

Elle était belle. Surtout dans l'animation de la conversation, lorsqu'elle riait ou s'amusait de la jalousie de ses prétendants. Chaque fois que je revenais d'une soirée où je l'avais vue, je me moquais de moi-même et voulais me convaincre qu'un homme comme moi ne pouvait aimer sérieusement une jeune personne aussi complaisante et à l'aise dans la vie. Mais elle réussissait parfois par un geste ou quelque mot murmuré à l'oreille à si bien éveiller mon désir que je passais la moitié de la nuit plein de passion et de violence.

Je traversais à ce moment une courte période de fougue et d'exubérance un peu forcées. Après des journées d'abattement, ma jeunesse réclamait mouvement, impétuosité et griserie; je partais alors avec quelques camarades du même âge en quête de divertissements. Nous passions pour des chahuteurs pleins de gaieté, turbulents, voire dangereux, ce qui n'était pas mon cas et, aux yeux de Lydie et de sa petite bande, nous étions auréolés d'une réputation de héros, à la fois douteuse et agréable. Quelles étaient dans ce tumulte la part de la joie juvénile réelle et celle d'un étourdissement voulu, je ne saurais en décider aujourd'hui, car j'ai dépassé depuis longtemps ce stade et perdu toute apparence extérieure de jeunesse. Si je commis des excès, je les ai bien expiés. Par une journée d'hiver, comme il n'y avait pas de cours, nous quittâmes la ville tous ensemble; nous étions huit ou dix avec Lydie et trois de ses amies. Nous avions pris des luges – on les considérait encore, à cette époque, comme réservées aux enfants – et nous parcourûmes les environs vallonnés de la ville pour trouver, sur des routes ou des prairies en pente, de belles glissades. Je me souviens exactement de ce jour-là : il faisait modérément froid, parfois le soleil brillait un quart d'heure, l'air était imprégné d'une magnifique odeur de neige. Les robes et les foulards aux vives couleurs que portaient les jeunes filles se détachaient avec éclat sur le fond blanc, l'air piquant nous enivrait. Notre petit groupe était de joyeuse humeur, on échangeait sobriquets et plaisanteries, on répliquait par des boules de neige qui provoquaient de petites guerres, jusqu'au moment où, tout échauffés et couverts de neige, nous étions obligés de reprendre notre souffle quelques instants, avant de recommencer de plus belle. On entreprit la construction d'une forteresse de neige qui fut assiégée et prise d'assaut; et entre-temps nous descendions çà et là une petite pente sur nos luges.

A midi, tout ce déchaînement nous ayant donné une faim féroce, nous cherchâmes un village et une bonne auberge. Nous les trouvâmes et l'on se mit à cuisiner et à rôtir pour nous; nous nous étions emparés du piano et nous chantions, criions et commandions du vin et des grogs. Le repas arriva et fut célébré solennellement, le bon vin coulait à flots, puis les jeunes filles eurent envie de café cependant que nous goûtions aux liqueurs. Un tel vacarme, un si joyeux brouhaha régnait dans la petite pièce, que nous avions tous la tête en feu. Je me trouvais toujours près de Lydie qui était ce jour-là de charmante humeur et m'accordait des attentions toutes particulières. Elle resplendissait dans cette ambiance joyeuse, ses yeux jetaient des éclairs, et elle accepta les quelques marques de tendresse que je risquais avec un mélange d'audace et d'inquiétude. On joua aux gages : quand on avait un gage, il fallait imiter au piano tel ou tel de nos professeurs et parfois aussi échanger des baisers, qui étaient exactement observés par les autres.

Echauffés et bruyants, nous quittâmes l'auberge pour rentrer en ville au début de l'après-midi, mais déjà le jour baissait. Nous fîmes de nouveau les fous dans la neige, comme des enfants turbulents, en revenant sans hâte vers la ville dans le soir qui tombait doucement. Je réussis à rester aux côtés de Lydie et, non sans protestations de la part des autres, je me posai en chevalier servant. Par moments, je la tirais sur ma luge et je la protégeais de toutes mes forces contre les attaques à coups de boules de neige sans cesse renouvelées. A la fin, on nous laissa poursuivre notre route. Les trois jeunes filles trouvèrent chacune un compagnon, et seuls deux petits messieurs demeurés libres nous suivirent en nous taquinant et en nous cherchant querelle. Jamais je n'avais été aussi agité et follement amoureux; Lydie avait pris mon bras et se laissait attirer doucement tout en marchant. Tantôt elle bavardait et babillait sans beaucoup de suite, tantôt elle était silencieuse et semblait me permettre quelque espoir. Je brûlais de passion et j'étais décidé à profiter au mieux de cette occasion ou, du moins, à prolonger autant que possible cette tendre intimité. Lorsque peu avant d'arriver à la ville je proposai encore un détour, personne ne s'y opposa, et je m'engageai sur un sentier qui suivait les crêtes au-dessus de pentes abruptes qui formaient un cirque; par de nombreuses et vastes échappées, on voyait la vallée, le fleuve et la ville, dont les rangées de réverbères et les lumières rouges brillaient par milliers.

Lydie était encore à mon bras et me laissait parler, se riait de mon ardente exubérance et semblait pourtant elle-même profondément émue. Mais lorsque je voulus avec une douce violence l'attirer vers moi et l'embrasser, elle se libéra et s'évada d'un bond léger.

« Regardez cette pente, s'écria-t-elle en reprenant haleine, il faut que nous la descendions! A moins que vous n'ayez peur, monsieur le héros? »

Je regardai le versant qui était si abrupt que je fus un instant vraiment effrayé.

« Ce n'est pas possible, dis-je avec une légèreté affectée, il fait déjà trop sombre. »

Elle m'accabla aussitôt de son ironie et de son indignation, me traita de poltron et fit serment de descendre la pente toute seule si j'étais trop lâche pour l'accompagner.

« Evidemment, nous verserons, dit-elle en riant, mais c'est bien ce qu'il y aura de plus drôle dans cette descente. »

Comme elle me provoquait ainsi, j'eus une idée.

« Lydie, répliquai-je doucement, nous descendons. Si nous versons, je vous autorise à me frotter de neige, mais si nous arrivons sans anicroche, je veux avoir ma récompense, moi aussi. »

Elle se contenta de rire et s'assit sur la luge; je la regardai droit dans les yeux : ils étincelaient d'ardeur et de joie; je pris alors place tout à l'avant, j'ordonnai à Lydie de s'agripper à moi et nous partîmes. Je sentis qu'elle m'étreignait, les mains croisées sur ma poitrine, je voulus lui crier encore quelque chose, mais ce ne fut plus possible. Le flanc de la colline était si abrupt que j'eus l'impression d'être précipité dans le vide. Je cherchai immédiatement le sol de mes pieds pour freiner ou, du moins, verser, car soudain j'eus une crainte mortelle pour Lydie. Mais il était trop tard. La luge dévalait la pente sans que rien pût l'arrêter. Je ne sentais plus qu'un tourbillon glacé, mordant, de poussière de neige sur mon visage. Lydie poussa un cri de terreur, auquel succéda le silence. Je reçus sur la tête comme un coup de marteau, je ressentis une douleur déchirante je ne sais où. Ma dernière sensation fut de froid.

Cette courte descente en luge me fit expier les plaisirs et les folies de ma jeunesse. Par la suite, de nombreuses circonstances de cette époque, parmi lesquelles l'amour pour Lydie, s'évanouirent.

Je fus dispensé du tumulte et de l'agitation inquiète qui succédèrent à l'accident. Les autres passèrent une heure pénible. Ils entendirent Lydie crier, ils se mirent à rire, leurs plaisanteries fusèrent dans l'obscurité. Enfin, ils s'aperçurent qu'il était arrivé quelque chose de sérieux; ils descendirent à grand-peine et il leur fallut un moment pour passer de la griserie et de l'exubérance à la réflexion. Lydie était blême et presque évanouie, mais saine et sauve, seuls ses gants étaient déchirés et ses fines mains blanches écorchées et tachées de sang. Quant à moi, ils crurent m'emporter mort. Plus tard, j'ai vainement essayé de retrouver le pommier ou le poirier contre lequel la luge et mes os s'étaient brisés.

On pensait que j'avais succombé à une commotion cérébrale, mais ce n'était pas aussi grave. Ma tête et mon cerveau étaient certes atteints, et un grand laps de temps s'écoula avant que je reprenne mes sens à l'hôpital, mais la blessure se cicatrisa et le cerveau se rétablit. Par contre, ma jambe gauche, fracturée en plusieurs points, n'arrivait pas à guérir complètement. Je suis resté infirme, j'en suis réduit à boiter et je ne pourrai jamais plus marcher normalement, courir ou danser.

Ma jeunesse fut ainsi inopinément orientée vers des contrées plus calmes que je n'abordai pas sans honte et répugnance.

J'y parvins cependant, et parfois il me semble même que la descente en luge, ce soir-là, et ses suites ne méritent aucun regret.

Je pense certes moins à ma jambe brisée qu'aux autres conséquences plus favorables de cet accident. Est-ce ce malheur même, mon effroi, le regard que j'avais jeté dans les ténèbres ou bien le long séjour au lit, avec l'immobilité et la réflexion? Toujours est-il que cette retraite me fit du bien.

J'ai complètement oublié la première semaine de ce long repos. J'étais souvent sans connaissance et, même après avoir repris le rythme normal de la veille et du sommeil, je demeurai affaibli et indifférent. Ma mère passait toutes ses journées à l'hôpital, fidèle à mon chevet. Lorsque je la regardais ou que je lui adressais quelques mots, elle se montrait souriante et presque gaie, mais j'appris plus tard que je l'avais vivement inquiétée car, plus encore que pour ma vie, elle avait craint pour ma raison. Parfois, nous bavardions longuement dans ma petite chambre de malade, calme et claire. Nous n'avions jamais été dans une bien grande intimité; je m'étais toujours senti plus proche de mon père. Mais alors, sous l'effet de sa pitié et de ma reconnaissance, nous étions, ma mère et moi, plus disposés à la tendresse et à l'entente. Toutefois, nous étions tous deux trop habitués à une attente réciproque, à la négligence et aux concessions pour que notre affection naissante pût s'exprimer par des mots. Nous échangions des regards paisibles et nous nous gardions d'approfondir les pensées que nous exprimions. Ma mère était de nouveau dans son rôle de mère, puisque j'étais allongé et qu'elle pouvait me soigner; je la voyais de nouveau avec des yeux d'enfant et j'oubliais par moments le reste. Par la suite, nos rapports redevinrent évidemment ce qu'ils avaient été, et nous évitâmes de reparler de cette convalescence, car cela nous eût embarrassés tous les deux. Peu à peu, je commençais à me rendre compte de ma situation et lorsque je n'eus plus de fièvre, que je parus remis, le médecin ne me cacha plus que je garderais toujours quelque trace de cette chute. Je réalisai que ma jeunesse, dont j'avais à peine pris conscience, à peine goûté le charme, se trouvait écourtée et appauvrie. J'eus tout le temps de me faire à cette idée, car mon séjour au lit se prolongea encore un bon trimestre.

Je m'efforçais de me représenter l'avenir, mais je n'y parvenais guère. Je n'étais pas en état de penser et de me concentrer, je me fatiguais vite et sombrais dans des rêveries qui me préservèrent de l'angoisse, du désespoir et me contraignirent au repos indispensable à ma guérison. Pourtant, il n'en était pas toujours ainsi et il m'arrivait, la nuit, d'être tourmenté par mon malheur, sans découvrir une consolation vraiment digne de ce nom.

Ce fut au cours d'une de ces nuits que je m'éveillai après quelques heures d'un léger assoupissement. Il me semblait avoir fait un rêve heureux et je fis effort pour m'en souvenir, mais en vain. Je me sentais remarquablement bien, libre, comme si j'avais surmonté à jamais tous les désagréments. Et cependant que, toujours allongé, je songeais, et que je sentais la guérison et la délivrance se répandre doucement autour de moi, une mélodie presque imperceptible me vint aux lèvres, j'en fredonnai la suite, sans plus m'arrêter, et soudain, comme une étoile qui se lève, la musique dont j'avais été si longtemps éloigné m'entoura de sa lumière, mon cœur se mit à battre à son rythme, et tout mon être s'épanouit et s'imprégna de sa pureté retrouvée. Sans que j'en fusse tout à fait conscient, elle était présente, elle m'envahissait paisiblement, comme si j'entendais venir vers moi les doux chants de chœurs lointains.

Je me rendormis profondément, pénétré par cette sensation vivifiante. Le matin, je me réveillai joyeux et, pour la première fois depuis longtemps, je ne me sentis pas déprimé. Ma mère le remarqua et me demanda ce qui me réjouissait. Je me mis alors à réfléchir et après un certain temps je lui dis que depuis bien longtemps je n'avais plus pensé à mon violon, que j'y avais à nouveau songé et que je m'en réjouissais.

« Mais tu ne pourras rejouer de sitôt, dit-elle avec une légère inquiétude.

– Peu importe, même si je ne peux jamais plus jouer. »

Elle ne comprit pas et je ne pus lui expliquer. Mais elle remarqua que j'allais mieux et que cette gaieté sans cause ne dissimulait aucun danger.

Quelques jours plus tard, elle reparla prudemment de cette conversation.

« Dis-moi, qu'en est-il exactement de ta musique? Nous avons presque cru que tu en étais dégoûté et ton père a parlé à tes professeurs. Nous ne voulons certes pas t'influencer, maintenant moins que jamais. Nous pensons cependant que si tu t'es fait des illusions et que tu préfères renoncer, tu devrais le faire et ne pas persévérer par défi et par honte. Qu'en penses-tu? »

Je me souvins alors de toute la période où j'avais été éloigné de la musique, de ma déception. J'essayai d'expliquer à ma mère ce que j'avais éprouvé alors et elle parut me comprendre. J'ajoutai que j'étais désormais plus sûr de mon fait et que, de toute façon, je ne voulais pas abandonner mes études mais les terminer. Nous en restâmes là. Au fond de mon âme, que cette femme ne pouvait percer, il n'y avait que musique. Même si je ne devenais pas un bon violoniste, je percevais de nouveau l'univers comme un chef-d'œuvre aux accords harmonieux et je savais qu'il n'y avait point de salut pour moi hors la musique.

Si mon état ne me permettait jamais plus de jouer du violon, il me faudrait y renoncer, choisir un autre métier peut-être, devenir commerçant par exemple; mais cela n'avait guère d'importance. Même dans le commerce ou n'importe quel autre métier, je garderais le sens de la musique, je vivrais de musique, j'en serais imprégné, je composerais de nouveau! Ce n'était pas le violon, comme je l'avais dit à ma mère, qui me réjouissait, mais la perspective d'écrire de la musique, de créer. Je sentais de nouveau par moments le pur élan d'inspirations lumineuses, l'exaltante fraîcheur des pensées, comme aux plus belles heures d'autrefois, et je sentais aussi qu'auprès de ces sensations une jambe infirme et autres misères étaient de peu d'importance.

Dès lors, je fus vainqueur et toutes les fois que, depuis, mes vœux s'orientèrent vers le domaine de la santé et de l'allégresse juvénile, toutes les fois que l'amertume et une honte irritée me firent haïr et maudir mon infirmité, je pus surmonter cette souffrance sans peine excessive; car une sublime consolation s'offrait à moi.

De temps à autre, mon père venait nous rendre visite, à ma mère et à moi et un jour, comme ma santé me permettait de rester seul, il la ramena à la maison. Les premiers jours, je me sentis un peu isolé, j'eus honte également de n'avoir point parlé assez amicalement à ma mère et de m'être trop peu enquis de ses pensées et préoccupations. J'étais cependant trop envahi par un autre sentiment pour que de telles pensées ne se limitent pas à des émotions puériles et bien intentionnées.

Je reçus une visite inattendue que l'on n'avait osé me rendre durant le séjour de ma mère. C'était Lydie. Je fus très surpris de la voir. Au premier instant, je ne me souvins même plus que j'avais été si proche d'elle naguère et à quel point j'avais été épris d'elle. Elle était extrêmement embarrassée et parvenait mal à le cacher; elle avait craint ma mère et même des poursuites, car elle se savait responsable de mon malheur. Elle ne comprit que lentement qu'il n'était pas si grand et, qu'au fond, elle y était plus étrangère qu'elle n'avait cru. Elle se sentit alors soulagée, non sans une légère mais indéniable déception. Malgré tous ses remords, cette jeune fille, au fond de son bon petit cœur féminin, s'était profondément délectée d'un si émouvant malheur. Elle usa même à plusieurs reprises du mot « tragique », et j'eus beaucoup de mal à ne pas éclater de rire. Surtout, elle ne s'était nullement attendue à me trouver si gai et sans le moindre respect pour mes épreuves. Elle avait eu l'intention de me demander pardon; en tant qu'amoureux, j'aurais dû éprouver une immense satisfaction à le lui accorder et, à la faveur de cette scène touchante, elle se serait de nouveau emparée victorieusement de mon cœur.

La folle enfant éprouvait sans doute un profond soulagement de me voir si joyeux et à se sentir délivrée de toute culpabilité et de toute accusation. Mais ce soulagement ne lui procurait aucune satisfaction, au contraire : au fur et à mesure que sa conscience s'apaisait et que s'évanouissait la crainte dans laquelle elle était venue, elle devenait de plus en plus calme et froide. Elle était, à vrai dire, offensée que je fisse si peu de cas de son rôle dans cette affaire, que je parusse même l'avoir complètement oublié, que je ne me livrasse ni à l'émotion ni au pardon, la privant ainsi de toute sa belle scène. Je n'étais plus le moins du monde amoureux d'elle, ce qu'elle remarqua malgré ma grande courtoisie, et c'était bien là le pire. Même si j'avais perdu bras et jambes, je n'en avais pas moins été un prétendant, qu'elle n'avait certes ni aimé ni favorisé, mais dont elle avait vu l'ardeur avec une satisfaction d'autant plus grande que les choses avaient mal tourné. Nulle trace sentimentale n'était visible, comme elle pouvait le constater, et je vis s'effacer puis disparaître sur son joli visage toute marque de sympathie et de compassion pour le malade. Elle prit enfin congé, avec emphase, et ne revint jamais, bien qu'elle l'eût promis et juré.

Il était pénible pour ma fierté de constater que mon ancien amour tombait dans une sorte de ridicule, et pourtant cette visite me fit du bien. J'étais stupéfait de voir pour la première fois sans passion ni aveuglement la belle jeune fille tant aimée, et de m'apercevoir que je la connaissais bien mal. Si l'on m'avait montré la poupée qu'à trois ans j'avais chérie et serrée dans mes bras, le recul et le changement de mes sentiments ne m'auraient pas plus surpris que la constatation qui s'imposait à moi : une jeune fille, ardemment aimée quelques semaines auparavant, était devenue pour moi une étrangère.

Deux des camarades qui avaient participé à l'excursion dominicale vinrent plusieurs fois me rendre visite. Nous ne trouvions pas grand-chose à nous dire, et je remarquai bien leur soulagement lorsque j'allai mieux et les priai de ne plus manifester de dévouement pour moi. Par la suite, je ne les rencontrai plus. J'éprouvais une étrange tristesse : tout ce qui, dans ces années de jeunesse, avait fait partie de ma vie se détachait de moi, me devenait étranger et disparaissait. Je vis soudain combien toute cette période avait été fausse et triste. La séparation se faisait sans souffrance, il était donc étonnant que j'eusse pu supporter si longtemps mes anciens compagnons et qu'ils m'eussent supporté.

Une nouvelle visite me surprit, celle de mon professeur de piano, le monsieur sévère et ironique. Il garda sa canne à la main, n'enleva pas ses gants, parla sur son ton habituel, rude et presque mordant, qualifia la malencontreuse descente en luge « d'équipée pour femmes » et ne sembla absolument pas me plaindre de ce qui m'était arrivé. En fait, il était venu sans mauvaises intentions pour me dire que malgré ma gaucherie il me tenait pour un étudiant passable; son collègue, le professeur de violon, était du même avis, et ils espéraient par conséquent me voir revenir bientôt, rétabli et désireux de leur donner satisfaction. Ces propos, qui semblaient presque vouloir faire pardonner la rudesse précédente, étaient cependant tenus sur le ton acerbe d'autrefois; pourtant, ils avaient à mes oreilles la douceur d'une déclaration d'amour. Je tendis la main avec reconnaissance à ce professeur peu aimé, pour lui manifester ma confiance, et je tentai de lui faire comprendre ce qui m'était arrivé au cours de ces années et que le lien qui m'avait uni à la musique se formait de nouveau.

Le professeur secoua la tête, émit un petit sifflement ironique en me demandant :

« Ah! Ah! vous voulez donc être compositeur?

– Si possible, dis-je, embarrassé.

– Eh bien, je vous souhaite bonne chance. Je pensais que vous feriez peut-être désormais vos exercices avec un zèle nouveau mais, évidemment, en tant que compositeur, vous pouvez vous en passer!

– Oh! ce n'est pas ce que je voulais dire.

– Non? mais alors? Vous savez, quand un étudiant en musique est paresseux, il se tourne vers la composition. C'est à la portée de tous, et il est bien connu que tout le monde est génial.

– Ce n'est vraiment pas ce que je voulais dire. Dois-je donc devenir professeur de piano?

– Non, cher monsieur, vous n'y parviendrez pas. Mais vous pourriez bien tout de même apprendre le violon correctement.

– Mais c'est aussi ce que je veux faire.

– J'espère que c'est sérieux. Je ne m'attarderai pas plus longtemps. Bonne convalescence, monsieur, et au revoir. »

Sur ce, il s'en alla et me laissa stupéfait. Je n'avais encore guère pensé à mon retour aux études. Car je craignais, au fond, que ce ne fût de nouveau difficile et douteux, et qu'à la fin tout ne redevînt comme par le passé. De telles pensées ne duraient cependant pas longtemps, et il apparut que la visite du professeur grincheux partait vraiment d'une bonne intention.

Après mon rétablissement, je devais faire un voyage de convalescence, mais je préférai attendre les grandes vacances et me remettre aussitôt au travail. Je ressentis alors quel pouvait être l'effet surprenant d'une période de repos, involontaire de surcroît. Je repris mes cours et mes exercices avec défiance, mais tout alla mieux qu'auparavant. Certes, je voyais clairement que je ne serais jamais un virtuose; mais cette prise de conscience ne m'affectait pas. Pendant cette longue interruption, les broussailles de la théorie musicale, de l'harmonie et les règles de la composition, en particulier, s'étaient transformées en un jardin agréable et tout à fait accessible. Je sentais que l'inspiration et les essais de mes heures privilégiées n'étaient plus en dehors de toutes les règles, qu'à l'intérieur de la stricte discipline scolaire une voie étroite, mais parfaitement visible, menait à la liberté. Il y avait bien encore des heures, des jours et des nuits où tout se dressait devant moi comme une haie de ronces, où mon esprit à vif se heurtait à des contradictions et souffrait de ses lacunes, mais le désespoir ne revint pas et l'étroit sentier se dessinait plus clairement à mes yeux, me paraissait plus aisé.

A la fin du semestre, au moment de prendre congé avant les vacances, notre professeur de théorie me dit à ma grande stupéfaction : « Vous êtes le seul étudiant de cette année qui semble vraiment comprendre quelque chose à la musique. Si vous composez une œuvre quelque jour, j'aimerais la voir. »

Ces paroles encourageantes résonnaient à mes oreilles lorsque je partis en vacances. Il y avait longtemps que je ne m'étais pas trouvé à la maison; pendant mon voyage en chemin de fer, mon pays natal reprit sa place en moi, réclama mon amour et ramena le flot des souvenirs d'enfance et de jeunesse à demi oubliés. Mon père m'accueillit à la gare de ma ville natale et une voiture nous conduisit à la maison. Dès le lendemain matin, j'éprouvai le désir de faire une promenade dans les vieilles rues. Ce fut alors que le regret de ma jeunesse valide m'envahit pour la première fois. Quelle torture de parcourir en boitant, la jambe déformée et raide, ces rues où chaque coin évoquait des jeux d'enfance et des joies révolues! Je revins à la maison d'humeur morose, et chaque rencontre, chaque voix, chaque pensée, me rappelaient amèrement le passé et mon infirmité. En outre, je souffrais de voir ma mère manifestement plus hostile que jamais quant à la profession que j'avais choisie, bien qu'elle ne s'exprimât jamais clairement sur ce sujet. A la rigueur, elle aurait encore admis un musicien aux longues jambes, qui pût se présenter comme virtuose ou chef d'orchestre plein d'allant; mais elle ne parvenait pas à comprendre qu'un homme à demi infirme, pourvu de bulletins médiocres, timide, envisageât de faire une carrière de violoniste. Elle était confirmée dans ces idées par une vieille amie et parente éloignée à laquelle mon père avait interdit l'accès de la maison. Sans pour autant renoncer à venir voir ma mère quand elle la savait seule à la maison, cette personne avait voué à mon père une haine durable. Quant à moi, bien que nous eussions à peine échangé une parole depuis mon enfance, elle me détestait et voyait dans le choix de mon métier un signe regrettable de dégénérescence, et dans mon malheur un châtiment manifeste et un avertissement de la Providence.

Pour me faire plaisir, mon père m'avait fait inviter par la société musicale de la ville à jouer en soliste dans un concert. Mais j'en étais incapable, je déclinai l'offre et me retirai pendant des jours dans ma petite chambre d'enfant. J'étais particulièrement sensible aux incessantes questions et aux demandes d'explications, si bien que je ne sortais plus du tout. Je me surpris alors à regarder l'animation de la rue par la fenêtre et à suivre des yeux les enfants des écoles, surtout les jeunes filles, avec une envie mêlée de tristesse.

« Quel espoir avais-je donc de pouvoir un jour déclarer mon amour à une jeune fille ? » pensais-je. Je me trouvais toujours en marge. Je ne pouvais danser, ce qui me ferait considérer par les jeunes filles comme un être anormal et, si jamais l'une d'elles se montrait aimable à mon égard, ce serait de la pitié. Ah ! cette compassion, j'en étais déjà saturé, dégoûté.

Dans ces conditions, mon séjour à la maison ne pouvait durer. Mes parents souffraient aussi beaucoup de ma mélancolie, de mon irritabilité et me retinrent à peine lorsque je leur demandai l'autorisation d'entreprendre tout de suite le voyage projeté, que mon père m'avait promis. Plus tard, mon infirmité me causa encore des difficultés et anéantit des espoirs et des souhaits chers à mon cœur, mais jamais plus ma faiblesse et ma difformité ne m'ont infligé un tourment aussi brûlant qu'à cette époque, où la vue de tout jeune homme valide, de toute jolie silhouette féminine m'humiliait et m'était douloureuse. De même que je m'étais habitué lentement à ma canne et à ma boiterie, au point qu'elles ne me gênaient presque plus, je dus avec le temps m'accoutumer à considérer mon infirmité avec une lucidité sans amertume et à la supporter avec résignation et humour.

Je pouvais heureusement voyager seul et je n'avais plus besoin d'aucun soin particulier; toute compagnie m'eût été pénible et aurait nui à ma guérison morale. Je me sentis déjà mieux lorsque je fus assis dans le train et que personne ne m'accorda ni attention ni pitié. Je voyageai sans interruption un jour et une nuit, comme si vraiment je fuyais, et je poussai un soupir de soulagement lorsque, par la fenêtre brouillée, j'aperçus, le second soir, de hautes montagnes pointues. A la tombée de la nuit, j'atteignis la dernière station. Las et joyeux, je me dirigeai, par les ruelles obscures d'une petite ville des Grisons, vers l'hôtel, et, après avoir bu un gobelet de vin rouge sombre, je me couchai; dix heures de sommeil effacèrent la fatigue du voyage, et même déjà une bonne partie du tourment qui me poursuivait.

Le matin, je montai dans le petit train de montagne qui, par d'étroites vallées, pénétrait, le long de torrents blancs et écumants, au cœur du massif. En sortant d'une toute petite gare, je pris une voiture et, à midi, j'atteignis l'un des villages les plus élevés de la région.

Jusqu'à l'automne, je logeai dans l'unique petite auberge du calme et pauvre village, et j'y étais parfois le seul client. J'avais eu l'intention de m'y reposer quelque temps et de poursuivre ensuite mon voyage à travers la Suisse. Mais, à cette altitude, le vent et l'air étaient d'une si âpre pureté et d'une telle vigueur que je ne pus m'en aller. L'un des flancs de la haute vallée était couvert presque jusqu'en haut d'une forêt de sapins, l'autre versant était rocheux et dénudé. C'est là que je passais mes journées, au milieu des pierres brûlées par le soleil, ou bien auprès d'un torrent sauvage et impétueux, dont le chant se répandait la nuit sur tout le village. Les premiers jours, je savourai la solitude comme un frais breuvage, personne ne me suivait du regard, personne ne me manifestait de curiosité ou de pitié, j'étais libre et seul, comme l'oiseau dans les cieux, et j'oubliai bientôt ma souffrance et mon sentiment d'envie maladif. Parfois, je regrettais de ne pouvoir m'enfoncer dans la montagne, parcourir des vallées et des alpages inconnus, gravir des sentiers dangereux. Mais, au fond, je me sentais merveilleusement bien; après les expériences et les émotions des mois passés, le calme de la solitude m'accueillait comme une forteresse sûre, je retrouvais la paix de mon âme, et j'apprenais à m'accommoder de ma déficience physique, sinon avec joie, du moins avec résignation.

Les semaines passées là-haut ont été sans doute parmi les plus belles de ma vie. Je respirais l'air pur et clair, je buvais l'eau glacée des torrents, je voyais les troupeaux de chèvres, gardés par des bergers à cheveux noirs, taciturnes et rêveurs, paître sur les pentes escarpées, j'entendais parfois des orages s'abattre sur la vallée, je voyais les brouillards et les nuages à ma hauteur et étrangement proches. Dans des fissures de roches, j'observais une flore minuscule, délicate, aux couleurs éclatantes, et de magnifiques variétés de mousse et, par les jours clairs, j'aimais monter pendant une heure, jusqu'au moment où, par-delà la crête de l'autre côté, je pouvais voir, bien dessinés, les lointains sommets de hautes montagnes parsemées d'ombres bleutées et couvertes de champs de neige argentés où se reflétait une grisante lumière. A un endroit du sentier que rendait humide le fin ruissellement d'une pauvre petite source, je trouvais par ces belles journées un essaim de centaines de petits papillons bleus qui se désaltéraient, s'écartaient à peine à mon passage et faisaient vibrer à mes oreilles, quand je les dérangeais, un léger bruissement d'ailes, ténu comme de la soie. Depuis que je les connaissais, je ne suivais ce chemin que par les jours de soleil et, chaque fois que le vol bleu et dense s'élevait, c'était une fête. Si je réfléchis, cette période ne fut pas, en fait, aussi parfaitement bleue et ensoleillée, aussi éclatante qu'elle m'apparaît dans mon souvenir. Il y avait non seulement des jours de brouillard et de pluie, mais même de la neige et du froid, et dans mon cœur aussi se déchaînaient des tourmentes et de mauvaises journées.

Je n'étais pas habitué à rester seul, et dès que furent passés le premier repos et la première exubérance, je sentis parfois de nouveau toute proche, terrible et subite, la douleur à laquelle j'avais échappé. Certains soirs, je restais assis dans ma petite chambre, ma couverture de voyage sur les genoux, las, et sans défense contre l'envahissement de folles pensées. Tous les désirs, tous les espoirs d'un être jeune, les fêtes, la joie de la danse, les femmes et les aventures, le triomphe de la force et de l'amour, tout cela se trouvait sur l'autre rive, loin de moi, inaccessible à jamais. Même cette période pleine de défi, de relâchement et d'une joie à demi forcée, dont ma chute en luge avait marqué la fin, était parée dans ma mémoire des belles couleurs du paradis, comme une terre de gaieté perdue, d'où me parvenaient seulement des échos lointains qui se perdaient dans un étourdissement bachique. Et quand, la nuit, la tempête s'abattait, quand le bruit froid des trombes d'eau était couvert par la plainte profonde et comme passionnée de la forêt de sapins bouleversée, ou bien lorsque dans les poutres de la maison résonnaient les mille bruits inexpliqués des nuits d'été sans sommeil, j'étais agité de rêves ardents et désespérés de vie, d'amour fougueux; j'étais pris de fureur, je blasphémais; je n'étais qu'un malheureux poète, un rêveur, dont le songe le plus beau n'était que le fragile miroitement d'une bulle de savon, tandis que partout dans le monde des milliers de jeunes gens, heureux de leur vigueur juvénile, tendaient dans l'allégresse leurs mains vers les guirlandes de la vie.

Pourtant, de même que la divine beauté des montagnes et tout ce que mes sens goûtaient chaque jour ne m'étaient perceptibles qu'à travers un voile, ne me parvenaient étrangement que de loin, de même un voile, un léger recul se glissait entre moi et cette souffrance, qui éclatait souvent avec violence; et je pus bientôt percevoir la splendeur des jours et la misère des nuits comme des voix extérieures, que je pouvais écouter sans que mon cœur en fût blessé. J'étais, à mes propres yeux, un ciel parcouru de nuages, le champ de bataille de troupes ennemies, et la joie et la volupté, aussi bien que la souffrance et la tristesse, rendaient un son plus pur et plus clair, se détachaient de mon âme et m'abordaient du dehors en harmonies et suites de sons que j'entendais comme en rêve et qui s'emparaient de moi contre mon gré.

Ce fut lors d'un retour des rochers, dans la paix du soir, que, pour la première fois, j'éprouvai tout cela clairement et, lorsque j'approfondis l'énigme que je me posais à moi-même, j'en trouvai à l'improviste la signification : ces heures de dépaysement, d'éloignement, dont j'avais des années auparavant eu le pressentiment, étaient revenues. Et je retrouvai avec ce souvenir la merveilleuse lucidité, la limpidité presque cristalline et la transparence des sentiments, qui se manifestaient sans masque, qui ne s'appelaient ni douleur ni bonheur mais représentaient de la vigueur, de la musique et de l'élan. Le mouvement, le chatoiement et les conflits de mes sensations affinées s'étaient transformés en musique.

Je voyais désormais, dans mes bons jours, le soleil et la forêt, les rochers brunis et les lointaines montagnes argentées avec une impression de bonheur, de beauté et de réceptivité accrue, et, au cours des heures sombres, je sentais mon cœur malade se dilater et se révolter avec une fougue redoublée, et je ne distinguais plus la douleur de la volupté. Elles se ressemblaient, toutes deux me faisaient souffrir et étaient délicieuses. Tandis que je passais du bien-être intérieur à la souffrance, mes forces restaient en repos, observaient le conflit et reconnaissaient le lien fraternel qui unit clarté et obscurité, douleur et paix en rythmes et puissance d'une seule et grande musique.

Je ne pouvais noter cette musique, elle m'était encore étrangère et ses limites inconnues. Mais je pouvais l'entendre et sentir en moi le monde comme une perfection. Je pouvais aussi en retenir quelque chose, une petite partie, un écho amoindri et transposé. J'y pensais et en vivais alors pendant des jours, je trouvais que l'on pouvait l'exprimer avec deux violons et, comme un jeune oiseau s'essaye à voler, je commençai, en toute innocence, à écrire ma première sonate.

Lorsqu'un matin, dans ma chambre, je jouai le premier mouvement au violon, j'en sentis bien la faiblesse, le manque de maturité et d'assurance; cependant chaque accord parcourut mon cœur comme un frisson. Je ne savais si cette musique était bonne; mais je savais que c'était *ma* musique; elle était ma vie, elle était née en moi et n'avait été entendue nulle part auparavant.

Dans la salle à manger, en bas, était assis d'un bout à l'autre de l'année, immobile, blanc comme un glaçon, le père de l'aubergiste, âgé de plus de quatre-vingts ans, qui ne parlait jamais et se contentait de jeter autour de lui un regard calme et attentif. On pouvait se demander si ce muet solennel possédait une sagesse et une paix intérieure surhumaines, ou bien s'il n'avait plus toute sa raison. C'est vers ce vieillard que je descendis ce matin-là, mon violon sous le bras, car j'avais remarqué qu'il écoutait mon jeu et toute musique avec une extrême attention. Je le trouvai seul, je me plaçai devant lui, j'accordai le violon et je lui jouai mon premier mouvement. Le vieil homme me fixait de ses yeux tranquilles au blanc jauni et aux paupières rougies sur les bords, et il écoutait, et quand je pense à cette musique, je revois le vieillard, son visage figé et pétrifié et ses yeux calmes qui me regardaient. Lorsque j'eus fini, je lui fis un signe, il cligna des yeux d'un air rusé et sembla tout avoir compris; ses yeux jaunâtres me rendirent mon regard, puis il se détourna, sa tête retomba un peu et il revint, comme éteint, à sa rigidité antérieure.

L'automne commence tôt à cette altitude. Lorsque je partis, un matin, il y avait un épais brouillard, et une pluie froide tombait et crépitait en une fine poussière de gouttelettes. Mais j'emportais pour ma route le soleil des bons jours, des souvenirs chargés de gratitude et, surtout, de la joie en mon cœur.

PENDANT le dernier semestre que je passai au Conservatoire, je fis la connaissance du chanteur Muoth, qui était très honorablement connu dans la ville. Il avait terminé ses études depuis quatre ans, et il avait été aussitôt engagé à l'Opéra de la Cour, où il arrivait encore parfois qu'il jouât des rôles secondaires et ne fût pas bien mis en valeur aux côtés de collègues plus âgés, mais on le considérait souvent comme une future étoile, et pour beaucoup il n'avait plus qu'un pas à franchir pour atteindre à la célébrité. Il m'était connu par quelques-uns de ses rôles à la scène, et il avait produit sur moi une impression forte, encore que mêlée de réticences.

Voici comment nous fîmes connaissance : lorsque je revins au Conservatoire, j'apportai au professeur, qui m'avait manifesté une si amicale sympathie, ma sonate pour violon et deux *lieder* que j'avais composés. Il promit de parcourir ces essais, et de me donner son avis. Mais ce fut long, et je remarquai qu'il semblait assez embarrassé chaque fois que je le rencontrais. Il finit par m'appeler un jour et me rendit mes notes.

« Voici vos travaux, dit-il, un peu gêné. J'espère que vous n'aviez pas trop d'illusions. Ce n'est pas dénué de qualités, et vous pouvez avoir un bel avenir. Mais à parler franc, je vous croyais déjà plus mûr, plus pondéré; en tout cas, je ne vous soupçonnais pas d'être aussi passionné. Je m'attendais à une inspiration plus calme, plus aimable, qui sur le plan technique eût été plus rigoureuse, et, par conséquent, plus facile à juger. Techniquement, c'est un échec, si bien que je ne peux en dire grand-chose et, par ailleurs, c'est une tentative audacieuse, que je ne puis apprécier, mais que, comme professeur, je ne voudrais pas louer. Vous avez à la fois déçu et dépassé mon attente, et vous m'avez mis dans l'embarras. Je suis trop professeur pour pouvoir passer sur les fautes de style, et ne peux décider si elles sont compensées par l'originalité. Je vais donc attendre votre prochaine œuvre et je vous souhaite bonne chance. Car vous continuerez sûrement à composer, j'en ai la conviction. »

Je ne sus que penser de cette opinion, qui n'en était pas une. Il m'avait semblé qu'il fallait considérer une œuvre sans arrière-pensée, sans se soucier de la source de son inspiration : jeu, divertissement, ou bien nécessité impérieuse née au fond du cœur. Je mis les notes de côté et résolus d'oublier tout cela pour le moment, afin d'être particulièrement laborieux durant ces derniers mois d'études.

Je fus alors invité dans une famille amie de mes parents, où l'on faisait beaucoup de musique. A cette soirée assistaient certaines célébrités de l'Opéra, parmi lesquelles Muoth, qui m'intéressait particulièrement. Brun, grand, beau et imposant, il paraissait sûr de lui, peut-être même déjà un peu perverti par le succès. Il était évident qu'il plaisait aux femmes. Pourtant, malgré son attitude, on pouvait penser qu'il n'était ni fier ni satisfait, car son regard trahissait quelque inquiétude. Lorsque je lui fus présenté, il me salua brièvement, sans me parler. Mais après un moment, il s'approcha brusquement de moi et me dit :

« N'êtes-vous pas M. Kuhn? Alors, je vous connais. Le professeur S. m'a montré votre travail. Ne lui en veuillez pas, ce n'est pas de l'indiscrétion. Mais je suis arrivé juste au moment où il l'examinait et, comme il y avait un *lied*, je lui ai demandé la permission de le regarder. »

J'étais surpris et embarrassé.

« Pourquoi, dis-je, me parlez-vous de cela? Je ne crois pas que mon travail ait plu au professeur.

– Cela vous est désagréable? Eh bien, moi, j'ai trouvé ce *lied* excellent : je pourrais le chanter si j'en avais l'accompagnement. Je voulais vous prier de me le donner.

– Vous avez aimé cela? On peut donc le chanter?

– Certes, on le peut; pas dans n'importe quel concert, évidemment. Mais j'aimerais bien l'avoir pour moi, pour mon usage personnel.

– Je vous le recopierai. Mais comment se fait-il...?

– Cela m'intéresse. C'est vraiment de la musique, vous le savez bien vous-même! »

Il me regarda. Sa façon de regarder me mettait à la torture. Il m'examinait en me fixant sans aucune gêne, et son regard était plein de curiosité.

« Vous êtes plus jeune que je ne l'aurais pensé. Mais vous devez avoir déjà beaucoup souffert.

– Oui, dis-je, mais je ne peux en parler.

– Ce n'est pas nécessaire non plus, je ne veux pas vous faire subir un interrogatoire. »

Son regard me troublait. De plus, c'était déjà une célébrité, je n'étais qu'un étudiant, si bien que je ne pouvais protester que faiblement et avec timidité, quoique sa façon de poser des questions me déplût. Il n'était pas arrogant, mais il offensait en quelque sorte ma pudeur, sans que je puisse me défendre avec vigueur, car je n'éprouvais pas vraiment de la répugnance. J'avais l'impression qu'il était malheureux et qu'il abordait les gens avec une involontaire impétuosité, comme s'il voulait leur arracher quelque chose qui pût le consoler. Son regard sombre et scrutateur était aussi insolent que triste, et son visage le faisait paraître plus âgé qu'il n'était.

Peu après, comme je songeais à ce qu'il m'avait dit, je le vis parler avec courtoisie et gaieté à l'une des filles de la maison, qui l'écoutait, ravie, et le contemplait comme un prodige.

Depuis mon accident, je vivais si retiré que cette rencontre ne cessa de me préoccuper pendant plusieurs jours. Je n'étais pas assez sûr de moi pour ne pas craindre cet homme supérieur, et j'étais pourtant trop seul et trop malheureux pour ne pas me sentir flatté de l'intérêt qu'il m'avait porté. Je pensais qu'il m'avait oublié quand, à mon grand désarroi, je le vis apparaître dans ma chambre.

C'était un soir de décembre, la nuit était déjà tombée. Le chanteur frappa à ma porte, se comporta comme si sa visite n'avait rien de surprenant et, sans préambule ni formule de politesse, entra dans le vif du sujet. Il lui fallait le *lied*. Voyant le piano, il voulut le chanter aussitôt. Je dus l'accompagner, et c'est ainsi que j'entendis pour la première fois mon *lied* bien chanté. Il était triste et me bouleversa malgré moi; Muoth ne le chanta pas en artiste, mais très bas et comme pour lui seul. Le texte, que j'avais lu l'année précédente dans une revue et recopié, était le suivant :

*Qu'au printemps sur les cimes le fœhn souffle si fort,*
*Que l'avalanche roule dans un fracas de mort,*
*Est-ce là votre volonté, Seigneur?*

*Que sans un seul ami qui me salue, me nomme,*
*Je passe en étranger sur la terre des hommes,*
*Est-ce bien là votre ouvrage, Seigneur?*

*La détresse et l'angoisse ont envahi mon cœur.*
*Dieu voit-il mes tourments? Mais hélas, Dieu est mort!*
*– Et moi, je devrais vivre?*

Un court instant, nous fûmes silencieux, puis je demandai à mon visiteur s'il ne pouvait me signaler des fautes et me proposer des corrections.

Muoth me regarda de ses yeux sombres et fixes.

« Il n'y a rien à reprendre, dit-il. Je ne sais si vous composez bien... Je n'y comprends rien du tout, mais ce *lied* est riche d'expérience et de sentiment, et comme je ne suis moi-même ni poète ni compositeur, je me réjouis lorsque je trouve une œuvre qui semble m'appartenir, et que je peux chanter pour moi tout seul.

– Mais le texte n'est pas de moi, lui objectai-je.

– Ah? Eh bien, peu importe; d'ailleurs le texte est secondaire. Vous avez sûrement ressenti ce qu'il exprime, sinon vous n'auriez pas composé cette musique. »

Je lui offris alors la copie que j'avais préparée depuis plusieurs jours. Il prit les feuilles, les roula et les enfouit dans la poche de son manteau.

« Venez donc une fois chez moi, si vous en avez envie, dit-il, et il me donna la main. Vous menez une vie solitaire, je ne veux pas la troubler. Mais de temps à autre il est agréable de voir un honnête homme. »

Après son départ, ses dernières paroles, son dernier sourire s'emparèrent de moi, s'harmonisant avec le *lied* qu'il avait chanté et avec tout ce que je savais jusqu'alors de cet homme. Et plus je réfléchissais aux impressions que j'en gardais, plus leur sens se précisait, et à la fin, je compris quel était ce chanteur célèbre, pourquoi il était venu à moi, pourquoi mon *lied* lui plaisait, pourquoi il essayait, presque indiscrètement, de forcer ma réserve, et m'avait paru à la fois farouche et insolent. Il souffrait, la solitude le torturait comme la faim tenaille le loup. Ce malheureux avait tenté sans succès de vivre dans l'isolement et l'orgueil et il était avide de bienveillance et de compréhension. C'est ce que je pensais à l'époque dont je parle.

Mes sentiments à l'égard de Henri Muoth n'étaient pas

clairs. Je ressentais bien ses aspirations et sa détresse, pourtant je le craignais comme un être supérieur et cruel, qui pourrait se servir de moi puis m'abandonner. J'étais trop jeune et j'avais trop peu d'expérience pour comprendre et approuver sa façon de se dénuder en quelque sorte, comme s'il n'éprouvait aucune pudeur à montrer sa souffrance. Je voyais cependant que cet homme ardent et sensible souffrait et était abandonné. Malgré moi, je pensais à des rumeurs que j'avais entendues sur le compte de Muoth, commérages confus et timides d'étudiants, dont ma mémoire avait gardé le ton et la nuance. On racontait à son sujet des histoires de femmes, et sans me souvenir de rien de précis, je croyais savoir qu'il y avait eu quelque affaire sanglante, qu'il aurait été impliqué dans une histoire de meurtre ou de suicide.

Lorsque, peu après, je surmontai mes scrupules et interrogeai un camarade à ce propos, l'aventure se révéla moins inoffensive que je ne me l'étais imaginée. Deux ans auparavant, une jeune femme de la bonne société s'était, disait-on, tuée pour le chanteur; on ne pouvait toutefois rien affirmer de précis.

Je n'avais pas le courage d'aller chez Henri Muoth. Je ne pouvais, certes, me dissimuler qu'il souffrait, qu'il était peut-être désespéré et désirait se rapprocher de moi; il me semblait parfois que je devais répondre à son appel, que je serais un coquin si je ne le faisais pas. Je n'allai pourtant pas chez lui, un autre sentiment me retenait. Je ne pouvais donner à Muoth ce qu'il cherchait en moi; j'étais tout à fait différent de lui et si, moi aussi, en un certain sens, j'étais solitaire et si les autres ne me comprenaient pas bien, si j'étais peut-être, moi aussi, différent des autres, séparé de la masse par ma destinée et mon caractère, je ne voulais pas attirer l'attention. Le chanteur pouvait bien être démoniaque, moi je ne l'étais pas, et une nécessité interne me retenait de me faire remarquer et de me singulariser. Les gestes fougueux de Muoth me déplaisaient, me répugnaient, c'était, à mon avis, un homme fait pour la scène et la notoriété, peut-être prédestiné à une vie tragique. Je voulais, pour ma part, demeurer dans l'ombre; les gesticulations, les paroles hardies ne me convenaient pas, j'étais voué à la résignation. Je me creusais ainsi la tête en quête d'apaisement. Un homme avait frappé à ma porte, j'avais pitié de lui et, objectivement, je devais peut-être le considérer comme supérieur à moi, mais je voulais avoir la paix et ne pas le laisser entrer. Je me plongeai fiévreusement dans le travail, mais je ne pus me débarrasser de l'impression pénible qu'il y avait un être qui voulait s'agripper à moi.

Comme je ne renouai pas, Muoth me relança. Je reçus une lettre de lui, écrite à grands traits orgueilleux, et conçue en ces termes :

« Cher Monsieur,

« Le 11 janvier, j'ai l'habitude de fêter mon anniversaire en compagnie de quelques amis. Puis-je vous inviter? Nous serions heureux d'entendre à cette occasion votre sonate pour violon. Qu'en pensez-vous? L'un de vos collègues pourrait-il jouer avec vous, ou dois-je vous envoyer quelqu'un? Etienne Kranzl y serait disposé. Vous feriez grand plaisir à votre dévoué,

« Henri MUOTH. »

Voilà qui était inattendu. Je devais jouer ma musique, que personne ne connaissait encore, devant des connaisseurs, et avec Kranzl! J'acceptai, confus et reconnaissant et, deux jours plus tard, Kranzl me demanda de lui envoyer la partition. Quelques jours après, il m'invita. Ce violoniste estimé était encore jeune, il avait un physique de virtuose : très mince, élancé et pâle.

« Alors, dit-il dès que je fus entré, vous êtes donc l'ami de Muoth. Bien, nous allons commencer tout de suite. Si nous nous concentrons, tout sera au point dès la deuxième ou la troisième répétition. »

Sur ces mots, il m'avança un siège, ouvrit devant moi la partition du second violon, marqua la mesure et se mit à jouer avec tant de légèreté, de sensibilité, que je me sentis fondre complètement à ses côtés.

« Ne soyez pas si timide », me lança-t-il, sans cesser de jouer. Et nous jouâmes toute la sonate.

« C'est bien! dit-il. Dommage que vous n'ayez pas un meilleur violon. Mais cela ne fait rien. Nous allons prendre l'allégro un peu plus vite, pour qu'il ne ressemble pas à une marche funèbre. Allons! »

Et voilà que je jouais avec confiance, à côté du virtuose; mon humble violon mêlait ses accords aux siens, si délicats, comme s'il devait en être ainsi, et j'étais surpris de voir si détendu ce monsieur d'aspect singulier. Lorsque je me sentis un peu rassuré, je lui demandai en hésitant son avis sur mon œuvre.

« Pour ça, interrogez quelqu'un d'autre, cher monsieur, je n'y comprends pas grand-chose. La sonate me paraît bien un peu étrange, mais les gens aiment ça. Si elle plaît à Muoth, vous pouvez être content de vous, il ne gobe pas n'importe quoi. »

Il me donna des conseils pour mon jeu et m'indiqua quelques passages qui nécessitaient des changements Puis on convint d'une nouvelle répétition pour le lendemain, et je pus m'en aller.

Je me sentais rasséréné de trouver ce violoniste si simple et si bonhomme. S'il comptait parmi les amis de Muoth, je pouvais éventuellement faire bonne figure chez ce dernier. C'était assurément un artiste accompli, et je n'étais qu'un débutant sans grand avenir. Je regrettais cependant que personne ne voulût émettre une opinion sur mon travail. Le jugement le plus sévère m'eût été plus agréable que ces formules bienveillantes, qui ne signifiaient rien.

Il faisait ces jours-là un froid mordant et l'on avait beaucoup de mal à se chauffer. Mes camarades patinaient avec entrain. Près d'un an s'était écoulé depuis l'excursion avec Lydie. Cette période m'était pénible, et j'attendais avec joie, mais sans trop d'illusions, la soirée chez Muoth où je rencontrerais enfin des amis, ce qui ne m'était pas arrivé depuis longtemps. Dans la nuit qui précéda le 11 janvier, un bruit inhabituel et une douceur presque inquiétante de l'air me réveillèrent. Je me levai et j'allai à la fenêtre, étonné qu'il ne fît plus froid. Le vent du sud s'était brusquement levé, il soufflait avec une violence humide et tiède, la tempête pourchassait très haut dans le ciel de lourds vols de nuages tourmentés et, par d'étroites trouées, des étoiles isolées brillaient d'une étrange lumière, intense, aveuglante. Des taches noires se montraient déjà sur les toits, et le matin, lorsque je sortis, toute la neige avait disparu. Les rues et les visages semblaient curieusement transformés et partout flottait une précoce atmosphère de printemps.

J'évoluai ce jour-là dans une ivresse fiévreuse et légère, due au vent du sud et à l'attente de la soirée. A plusieurs reprises, je pris ma sonate, j'en jouai des passages, puis la rejetai. Parfois, je la trouvais vraiment belle et en tirais un joyeux orgueil, parfois, elle me paraissait mesquine, hachée et confuse. Je n'aurais pas supporté longtemps cette exaltation et cet effroi. A la fin, je ne sus plus si je me réjouissais de la soirée ou si je la redoutais.

Elle arriva cependant. Je mis ma redingote, pris mon étui à violon et me dirigeai vers la maison de Muoth. L'obscurité venue, j'eus de la peine à la trouver. Dans un faubourg peu fréquenté, elle se dressait au milieu d'un vaste jardin apparemment abandonné. La porte franchie, un grand chien sauta sur moi. On le siffla d'une fenêtre et il m'accompagna en grondant jusqu'à l'entrée. Une petite vieille au regard craintif me reçut, me débarrassa de mon manteau et me fit entrer par un corridor brillamment éclairé.

La demeure du violoniste Kranzl était luxueuse et je m'étais attendu à un certain faste chez Muoth, que l'on disait riche. Je voyais bien de vastes pièces, beaucoup trop grandes pour un célibataire qui était peu chez lui, mais pour le reste, tout était très simple, ou plutôt tout semblait disposé au hasard et sans ordre. La plupart des meubles étaient anciens; des objets neufs, achetés sans discernement, étaient placés sans goût. Seul l'éclairage était éclatant. Il n'y avait pas de lampes à gaz, mais une grande quantité de chandelles dans des chandeliers d'étain, sobres et beaux. Dans la pièce principale, il y avait une sorte de lustre, fait d'un cercle de cuivre piqué de nombreuses chandelles. C'est là que se trouvait le meuble le plus important, un très beau piano à queue.

Dans la pièce où je fus introduit plusieurs invités conversaient. Je posai mon étui et saluai, quelques-uns me répondirent d'un signe de tête puis se détournèrent; je me trouvai seul. Kranzl, qui ne m'avait pas remarqué tout de suite, s'avança vers moi, me tendit la main, me présenta et dit : « Voilà notre nouveau violoniste. Vous avez bien apporté votre violon? » Puis se tournant vers la pièce voisine, il cria : « Eh! Muoth! l'auteur de la sonate est là. »

Henri Muoth entra alors, me salua très amicalement et m'emmena dans la pièce du piano où régnait une chaleureuse ambiance de fête, et où une belle femme en robe blanche me versa un verre de cherry. C'était une actrice du théâtre de la Cour et la seule dame de l'assistance. A ma surprise, je ne vis aucun autre collègue du maître de maison.

Lorsque j'eus vidé mon verre, avec une rapidité due aussi bien à mon embarras qu'au besoin de me réchauffer après ma promenade dans l'humidité nocturne, la dame en blanc le remplit de nouveau, sans tenir compte de mon refus : « Prenez donc, cela ne peut vous faire de mal. Nous ne dînerons qu'après le concert. Vous avez bien apporté votre violon et votre sonate? »

Ma réponse fut sèche et gauche, car je ne savais pas quels étaient les liens de la belle personne avec Muoth. Elle semblait tenir le rôle de maîtresse de maison. Par la suite, je ne vis mon nouvel ami qu'en compagnie de femmes d'une exemplaire beauté.

Tous se rassemblaient dans le salon de musique. Muoth dressa un pupitre, on s'assit, et bientôt je me trouvai avec Kranzl en plein concert. Je jouais sans m'en apercevoir, avec l'impression que c'était lamentable; par instants seulement, j'avais conscience de jouer en ce lieu, avec Kranzl, je me rendais compte que c'était la grande soirée attendue avec fièvre, qu'il y avait là une petite assistance de connaisseurs et de musiciens exigeants, auxquels nous jouions ma sonate. Ce fut pendant le rondo seulement que je commençai à entendre Kranzl : il jouait de façon éblouissante, mais j'étais encore si troublé, si étranger à la musique, que je pensais sans cesse à autre chose, et soudain je songeai que je n'avais même pas présenté à Muoth mes vœux d'anniversaire.

Quand la sonate fut achevée, la belle jeune femme se leva, nous tendit la main et ouvrit la porte d'une pièce plus petite, où se trouvait une table couverte de fleurs, de bouteilles de vin et de mets.

« Enfin, s'écria l'un des invités, je suis presque mort de faim!

– Quelle horreur! Que va penser le compositeur? intervint la jeune femme.

– Quel compositeur? Il est donc là? »

Elle me désigna . « Le voici. »

Il me regarda et se mit à rire :

« Vous auriez bien pu me le dire avant! Du reste, la musique était très belle. Seulement quand on a faim... »

Le repas commença, et dès que l'on eut desservi le potage et versé le vin blanc, Kranzl porta un toast à notre hôte et but à sa santé. Tout de suite après avoir trinqué, Muoth se leva :

« Mon cher Kranzl, si tu as cru que je ferais un discours en ton honneur, tu t'es trompé. D'ailleurs, nous n'allons plus faire aucun discours, je vous en prie. Je me charge immédiatement du seul qui soit sans doute nécessaire. Je remercie notre jeune ami de sa sonate que je trouve remarquable. Notre Kranzl sera peut-être un jour content d'avoir à jouer des œuvres de lui, ce qu'il doit faire sans réticence car il a vraiment bien compris la sonate. Je bois à la santé du compositeur et à une longue amitié avec lui. »

On trinqua, on rit, on se moqua un peu de moi et, le bon vin aidant, une joyeuse animation régna bientôt; je m'y abandonnai avec un sentiment de délivrance. Depuis longtemps, je n'avais pas été aussi gai et détendu, depuis un an, en fait. Les rires, le vin, le cliquetis des verres, le brouhaha des voix et la vue d'une femme belle et enjouée m'ouvraient les portes condamnées de la joie; je glissais doucement vers la gaieté débridée que procurent les conversations insouciantes et animées, les visages riants.

On se leva vite de table pour revenir dans le salon de musique, où l'on continua de festoyer dans tous les coins, à grand renfort de vin et de cigares. Un convive paisible, qui avait peu parlé, et dont j'ignorais le nom, s'approcha de moi et me dit quelques mots aimables sur ma sonate, que j'avais complètement oubliée. Puis l'actrice engagea la conversation avec moi, et Muoth se joignit à nous. Nous bûmes de nouveau à notre amitié, et soudain ses yeux sombres étincelèrent lorsqu'il me dit en riant . « Maintenant, je connais votre histoire. » Et s'adressant à la belle femme : « Il s'est brisé les os en luge, pour l'amour d'une jolie fille. » Puis se tournant de nouveau vers moi : « C'est beau, à l'instant où l'amour est le plus fort, où il n'a encore aucune souillure, de se précipiter du haut d'une montagne. Cela vaut bien une jambe valide. » Il vida son verre en riant, puis reprit aussitôt un air sombre et songeur pour me demander : « Comment êtes-vous devenu compositeur? »

Je racontai ce que, dès mon enfance, j'avais éprouvé pour la musique. Je parlai de l'été précédent, de ma fuite dans les montagnes, du *lied* et de la sonate.

« Oui, dit-il lentement. Mais pourquoi cela vous fait-il plaisir? On ne peut pas se débarrasser de sa souffrance en la notant sur du papier.

– Ce n'est pas non plus ce que je veux, répondis-je. En dehors de la faiblesse et de l'insatisfaction, je voudrais ne renoncer à rien, n'être quitte de rien. Je voudrais sentir que douleur et joie jaillissent de la même source; ce sont les mouvements d'une même force et les variantes d'une même mélodie; toutes deux sont belles et toutes deux sont nécessaires.

– Grand Dieu! s'écria-t-il avec violence. Mais vous avez perdu une jambe. La musique parvient-elle à vous le faire oublier?

– Non, pourquoi? Je ne pourrai jamais rien y changer.

– Et cela ne vous désespère pas?

– Cela ne me réjouit pas, croyez-le, mais j'espère que cela ne me désespérera jamais plus.

– Alors vous êtes heureux. Néanmoins, je ne renoncerais pas à une jambe pour obtenir ce bonheur. C'est donc là le fond de votre musique? Tu vois, Marion, c'est la magie de l'art, dont on parle tant dans les livres. »

Irrité, je lui répliquai :

« Ne dites donc pas cela! Si vous chantez, ce n'est pas seulement pour toucher un salaire, vous en éprouvez de la joie, c'est une consolation pour vous! Pourquoi vous moquez-vous de moi et de vous-même? Je trouve que c'est grossier.

– Du calme, du calme, fit Marion, sinon il va se fâcher. »

Muoth me regarda :

« Je ne me fâche pas. Il a parfaitement raison. Mais cette infirmité ne doit pas être si terrible à supporter, sinon la composition ne vous en consolerait pas. Vous êtes l'un de ces hommes satisfaits auxquels il peut arriver n'importe quoi : ils n'en sont pas moins satisfaits. Mais je n'y croyais pas. »

Et il se leva, furieux :

« Et ce n'est pas vrai! Vous avez tout de même composé la chanson de l'avalanche, qui n'exprime ni consolation ni satisfaction, mais au contraire le désespoir. Ecoutez! »

Il se mit brusquement au piano, se trompa, renonça au prélude et chanta le *lied.* Il le chantait autrement que lorsqu'il était venu chez moi et je pus constater qu'il y avait souvent réfléchi depuis. De plus, il chantait cette fois-ci à pleine voix, de sa haute voix de baryton, que j'avais entendue au théâtre, et dont la vigueur et la passion sans frein faisaient oublier la dureté injustifiée de son chant.

« Cet homme prétend avoir composé ceci par pur plaisir, il ignore tout du désespoir et il est infiniment heureux de son sort! » s'écria-t-il.

Des larmes de honte et de colère me montèrent aux yeux, je vis tout vaciller comme à travers un voile; je me levai pour mettre un terme à cette scène et m'en aller.

Une main tendre et ferme pourtant me retint alors, me contraignit à me rasseoir dans mon fauteuil, et caressa mes cheveux avec tant de douceur et de délicatesse que je ressentis de légers frissons brûlants; je fermai les yeux et ravalai mes larmes. Je levai aussitôt la tête et je vis Henri Muoth devant moi; les autres semblaient n'avoir rien remarqué de toute cette scène, ils buvaient du vin et riaient à tort et à travers.

« Enfant! dit doucement Muoth. Lorsque l'on a écrit de pareils chants, on est au-dessus de cela. Mais je suis navré. Un être vous est cher, et à peine se trouve-t-on avec lui qu'on lui cherche querelle.

– C'est bon, dis-je gêné. Mais je voudrais rentrer, le meilleur de cette soirée est passé.

– Bon, je ne veux pas vous forcer. Nous autres, nous allons sans doute nous enivrer. Alors, ayez l'obligeance de raccompagner Marion, s'il vous plaît! Elle habite rue des Fossés, ce n'est pas un détour pour vous. »

La belle femme le regarda un instant avec attention. « Vous voulez bien? » me dit-elle ensuite, et je me levai. Nous ne prîmes congé que de Muoth. Dans l'antichambre, un domestique nous aida à mettre nos manteaux, puis la petite vieille, tout endormie, parut et nous conduisit à travers le jardin jusqu'à la porte, en nous éclairant avec une grosse lanterne. Le vent tiède soufflait encore doucement, chassant de longues traînées de nuages noirs et tournoyant dans les cimes dénudées des arbres.

Je n'osais offrir mon bras à Marion, mais elle le prit, aspira l'air de la nuit, rejeta la tête en arrière, puis abaissa un regard interrogateur et confiant sur moi. Il me semblait sentir encore sa main légère sur mes cheveux; elle marchait lentement, comme si elle me conduisait.

« Il y a des voitures là-bas », lui dis-je, car il m'était pénible de la voir suivre mon pas d'infirme; je souffrais de boitiller aux côtés de cette femme élancée, resplendissante, énergique.

« Non, fit-elle, nous allons suivre encore cette rue. » Elle s'appliqua à marcher très lentement, et, s'il n'eût tenu qu'à moi, je l'aurais volontiers attirée plus près de moi. Mais ainsi, j'étais à la torture, je m'emportais, et je dégageai son bras du mien; comme elle me regardait avec surprise, je lui dis : « Cela ne va pas bien ainsi, je dois marcher seul, excusez-moi. » Elle avança à côté de moi, attentive et compatissante; si ma démarche avait été plus régulière, si je m'étais moins défié de mon corps, j'aurais fait et dit exactement le contraire de ce que je fis et dis. Je devins taciturne et brusque; je ne pouvais me conduire autrement, car alors les larmes seraient de nouveau montées à mes yeux et j'aurais désiré sentir sa main sur mes cheveux. J'aurais voulu m'enfuir par la première rue transversale. Je ne voulais pas qu'elle marchât lentement, qu'elle me ménageât, qu'elle eût pitié de moi.

Elle rompit enfin le silence.

« Vous lui en voulez?

– Non. Je me suis conduit comme un sot. Je ne le connais en fait presque pas.

– Il me fait de la peine quand il est dans cet état. Certains jours, il fait peur.

– A vous aussi?

– A moi plus qu'à quiconque. Cependant, il se blesse lui-même plus que les autres. Parfois, il se hait.

– Oh! il veut se rendre intéressant!

– Que dites-vous? s'écria-t-elle.

– C'est un comédien. Qu'a-t-il besoin de se railler lui-même, de tourner autrui en dérision? Qu'a-t-il besoin d'étaler au grand jour la vie et les secrets d'un inconnu, de le ridiculiser, ce perfide! »

En parlant, je sentais renaître ma colère, je voulais insulter, rabaisser l'homme qui m'avait blessé et que, malheureusement, j'enviais. Mon estime pour l'actrice s'était aussi atténuée puisqu'elle le défendait et prenait ouvertement son parti contre moi. Ne suffisait-il pas qu'elle eût accepté d'être la seule femme à cette soirée de garçons amateurs de vin? J'étais habitué à peu de liberté dans ce domaine et, comme j'avais honte de me sentir tout de même attiré par cette belle femme, je préférais, dans ma fougue, la querelle à sa pitié. Qu'elle me trouve brutal et s'en aille, cela valait mieux que de la voir rester auprès de moi et se montrer aimable.

Mais elle mit sa main sur mon bras . « Assez, s'écria-t-elle – et, malgré tout, sa voix fit frémir mon cœur – n'en dites pas plus. Deux mots de Muoth vous ont offensé, parce que vous n'étiez pas assez habile ou courageux pour y répondre et, maintenant, vous l'attaquez devant moi, vous le couvrez d'injures! Je devrais vous quitter.

– Je vous en prie. Je n'ai fait qu'exprimer ma pensée.

– Ne mentez donc pas! Vous vous êtes rendu à son invitation, vous avez joué chez lui, vous avez vu combien il aime votre musique, et vous vous en êtes réjoui, cela vous a rendu confiance. A présent, vous êtes irrité, vous

vous répandez en invectives. Vous n'en avez pas le droit et je veux en tenir le vin pour responsable. »

Il me sembla qu'elle remarquait soudain dans quel état je me trouvais et que le vin n'y était pour rien; elle changea de ton, sans que j'eusse fait la moindre tentative pour me justifier. J'étais incapable de me défendre.

« Vous ne connaissez pas encore Muoth, continua-t-elle. Ne l'avez-vous donc pas encore entendu chanter? Il est violent, cruel, mais, le plus souvent, c'est contre lui-même. C'est un homme impétueux, débordant de forces, mais qui n'a pas de but. A tout moment, il voudrait vider la coupe qu'est l'univers, et quoi qu'il obtienne, quoi qu'il fasse, il n'en a jamais qu'une goutte. Il boit et il n'est jamais ivre, il a des femmes et il n'est jamais heureux, il chante de façon merveilleuse et il ne veut pourtant pas être un artiste. Il éprouve de l'affection pour quelqu'un et le blesse, il affecte de mépriser tous ceux qui sont heureux, mais ce n'est là que haine envers lui-même, parce que rien ne peut lui apporter le bonheur. Il est ainsi. A vous, il a manifesté de l'amitié du mieux qu'il a pu. »

Je m'obstinai dans mon silence.

« Vous n'avez peut-être pas besoin de lui, reprit-elle, vous avez peut-être d'autres amis. Mais lorsque l'on voit quelqu'un qui souffre et que la douleur rend farouche, il faut en tenir compte et le ménager. »

« Certes, pensai-je, on devrait le faire », et peu à peu, grâce à la marche dans la nuit, qui me calmait, et malgré ma propre blessure encore vive et qui réclamait un baume, je dus prêter une attention plus grande aux paroles de Marion, réfléchir à mes sottises de ce soir, reconnaître que j'étais un pauvre diable et faire amende honorable en mon for intérieur. Maintenant que la hardiesse due au vin s'était évanouie, j'étais en proie à un trouble contre lequel je me débattais, sans plus guère parler à la belle femme qui, émue et incertaine elle-même, parcourait à côté de moi les rues mal éclairées, où, de temps à autre, dans l'obscurité déserte, la lumière d'un réverbère se reflétait sur le sol mouillé. Je pensais que j'avais laissé mon violon chez Muoth; et, par moments, l'étonnement et la crainte m'envahissaient de nouveau. Cette soirée s'était déroulée de façon si inattendue. Cet Henri Muoth, et le violoniste Kranzl, et puis cette splendide Marion, qui jouait des rôles de reines, tous étaient descendus de leur piédestal. A leur table olympienne, il n'y avait ni dieux ni bienheureux, mais de pauvres humains : l'un médiocre et drôle, l'autre, Muoth, inquiet et vaniteux, malheureux et tendu; quant à la grande dame, humble amante d'un jouisseur plein de fougue mais sans joie, elle n'en restait pas moins calme et douce et connaissait la douleur. Je me trouvais moi-même transformé, je n'étais plus un homme quelconque, mais j'étais lié à eux tous, j'avais reconnu en chacun quelque trait fraternel et quelque trait hostile, je ne pouvais ni aimer l'un, ni mépriser l'autre, mais j'avais honte d'être si peu compréhensif; et pour la première fois, dans ma jeunesse irréfléchie, je sentis que l'on ne pouvait parcourir la vie aussi simplement que je le croyais et se contenter d'éprouver pour l'un de la haine, pour l'autre de l'amour, pour tel de la vénération, pour tel autre du mépris. En fait, tout se mêlait sans qu'on pût faire un partage ni parfois même établir de distinction. Je regardai la femme qui marchait à mes côtés, silencieuse, comme si, au fond de son cœur, elle trouvait également que tout n'était pas tel qu'elle l'avait cru et dit.

Nous arrivâmes devant sa maison, elle me tendit la main, je la pris doucement et la baisai. « Dormez bien », me dit-elle aimablement, mais sans sourire.

C'est ce que je fis : je rentrai chez moi et me mis au lit, je ne sais comment; je m'endormis aussitôt et me réveillai plus tard que de coutume le lendemain matin. Puis je sautai du lit comme un diable de sa boîte, je fis ma gymnastique, je me lavai. Ce fut seulement en voyant ma redingote sur la chaise et en cherchant mon étui à violon que je me souvins de la veille. Je ne parvenais pas à retrouver le fil de mes pensées de la nuit; je ne gardais qu'une vue singulièrement réduite des choses et j'étais surpris de me retrouver pareil à moi-même.

Je voulus travailler, mais je n'avais pas mon violon. Je sortis donc, hésitant tout d'abord, puis je m'engageai avec décision dans la même direction que la veille et parvins à la maison de Muoth. Dès la porte du jardin, je l'entendis chanter, le chien sauta sur moi, et la vieille femme, qui sortit rapidement, le retint à grand-peine. Elle me fit entrer, je lui dis que je voulais seulement prendre mon violon, sans déranger Monsieur. Mon violon se trouvait dans l'antichambre, dans son étui et la partition était à côté. C'était sûrement Muoth qui avait tout rangé, il avait pensé à moi. Il chantait à pleine voix dans la pièce voisine, je l'entendais aller et venir d'un pas souple, comme s'il avait porté des chaussons de feutre, et parfois il jouait quelques notes sur le piano. Sa voix était fraîche et claire, il la maîtrisait mieux qu'il ne lui arrivait de le faire à la scène, il chantait un rôle qui m'était inconnu, reprenait fréquemment et arpentait la pièce.

J'avais pris mon violon et ma musique et je voulais m'en aller. J'étais calme et je me sentais à peine touché par le souvenir de la veille. Cependant j'étais curieux de voir s'il avait changé lui aussi. Je m'approchai et, presque sans le vouloir, je mis tout d'un coup la main sur la poignée de la porte, je l'ouvris et me trouvai dans l'embrasure.

Muoth se retourna en chantant. Il était en chemise – une longue chemise blanche, fine – et il avait l'air frais de quelqu'un qui vient de prendre un bain. Je m'effrayai trop tard de l'avoir ainsi surpris. Il ne parut pas s'étonner que je fusse entré sans frapper et il n'avait, apparemment, aucun souci de sa tenue. Il me tendit la main comme si de rien n'était, et me demanda :

« Avez-vous déjà déjeuné? »

Et comme j'avais répondu affirmativement, il prit place au piano.

« Il faut que je chante ce rôle! Ecoutez le grand air! Ce sera représenté à l'Opéra royal avec Büttner et la Duelli! Quel mélange! Mais cela ne vous intéresse pas, et moi non plus, au fond. Comment allez-vous? Vous êtes-vous bien reposé? Vous aviez l'air brisé de fatigue lorsque vous êtes parti hier. Et vous m'en vouliez aussi. Eh oui! Mais ne recommençons pas tout de suite ces sottises. »

Et, tout aussitôt, sans que j'aie pu dire quoi que ce fût : « Kranzl est un ennuyeux personnage, savez-vous. Il ne veut pas jouer votre sonate.

« Mais il l'a jouée hier!

– Je veux dire en concert. Je voulais la lui imposer, mais il ne veut pas. Ç'aurait été bien si vous aviez pu passer au cours d'une matinée, l'hiver prochain. Ce n'est pas que Kranzl soit un sot, vous savez, mais il est paresseux. Il rejoue toujours ces musiques polonaises d'*insky* et d'*owsky*, il n'aime pas apprendre quelque chose de nouveau.

– Je ne crois pas, commençai-je, que la sonate ait sa place dans un concert, je n'y ai jamais prétendu. Sur le plan technique, elle n'est pas du tout au point.

– Mais, ça ne fait rien! Vous et votre conscience artistique! Nous ne sommes pas des professeurs et l'on joue des œuvres plus mauvaises, et c'est Kranzl justement qui les joue. Mais j'ai autre chose à vous dire : il faut que vous me donniez le *lied*, et écrivez-en vite d'autres! Au printemps, je m'en irai d'ici, j'ai donné mon congé, et je prendrai de longues vacances. Durant cette période, je voudrais donner quelques récitals, mais avec du nouveau, pas de Schubert, ni de Wolf, ni de Löwe, ni ce que l'on entend tous les soirs, mais des œuvres nouvelles et inconnues, quelques-unes du moins, comme la Chanson de l'Avalanche. Qu'en pensez-vous? »

La perspective de voir mes *lieder* chantés en public par Muoth m'ouvrait les portes de l'avenir et je n'y entrevoyais que des splendeurs. C'est précisément pourquoi je voulais être prudent, ne pas abuser de l'amitié de Muoth, ni lui être par trop obligé. Il me semblait qu'il voulait m'attirer avec une fougue excessive, me fasciner, me faire violence peut-être de quelque manière. C'est pourquoi je réagis froidement.

« Je verrai, dis-je. Vous êtes très bon pour moi, je le vois, mais je ne veux rien promettre. J'arrive à la fin de mes études et je dois penser désormais à obtenir de bons bulletins. Il n'est pas sûr que je puisse un jour m'affirmer comme compositeur; pour le moment, je suis violoniste et il faut que je tâche de me faire à temps une situation.

– Ah! mais vous pouvez faire tout cela. Rien n'empêche que vous composiez un jour une chanson, que vous me donneriez, n'est-ce pas?

– Oui, volontiers. A la vérité, je ne sais pas pourquoi vous vous occupez ainsi de moi.

– Avez-vous peur de moi? Votre musique me plaît, tout simplement, j'aimerais chanter des œuvres de vous et je compte beaucoup sur elles; c'est du pur égoïsme.

– Bon, mais alors pourquoi me parlez-vous ainsi, je veux dire : comme hier?

– Ah! vous êtes encore offensé? Au fait, qu'ai-je dit? Je n'en sais plus rien du tout. En tout cas, je ne voulais pas vous être désagréable, comme je l'ai été, semble-t-il. Mais vous pouvez vous défendre! Chacun parle et se conduit comme il y est contraint par sa nature, et il faut admettre le point de vue d'autrui.

– C'est bien mon avis, mais vous faites le contraire, vous me provoquez, vous n'admettez rien de ce que je dis. Vous étalez au grand jour un secret auquel je ne pense moi-même qu'à contrecœur, et vous me le jetez à la figure, comme un reproche. Vous vous moquez même de ma jambe raide. »

Henri Muoth dit lentement :

« Oui, oui. Les gens ne se ressemblent pas. L'un se met en colère quand on lui dit des vérités, et l'autre ne peut supporter les phrases creuses. Vous vous êtes fâché parce que je ne vous traitais pas comme un intendant, et moi, je me suis fâché parce que vous vouliez me faire avaler des clichés sur la consolation que l'on trouve dans l'art.

– Je pensais ce que je disais; seulement je n'ai pas l'habitude de parler de tels sujets. Quant au reste, je ne veux tout simplement pas en parler. Ce qui se passe en moi, que je sois triste ou désespéré, et ce que je ressens à cause de mon infirmité, je veux le garder pour moi, personne n'a le droit de l'exhiber et de s'en moquer. »

Il se leva.

« Je ne suis même pas encore habillé, il faut que je me dépêche. Vous êtes un honnête homme, ce qui n'est malheureusement pas mon cas. Nous ne reparlerons plus de l'incident. Vous n'avez donc pas remarqué que je vous aime bien? Mettez-vous au piano, attendez que je sois prêt. Vous ne chantez pas?... non? J'en ai pour cinq minutes seulement. »

Effectivement, il revint bientôt habillé. « Allons en ville et déjeunons ensemble », dit-il, très à son aise. Il ne me demandait pas si cela me convenait; il disait : « Nous allons », et nous allâmes. Car ses façons, bien qu'irritantes pour ma sensibilité, m'en imposaient tout de même; il était le plus fort. Dans sa conversation et son comportement, par contre, il faisait preuve d'une ingénuité capricieuse, qui était souvent charmante et me réconciliait complètement avec lui.

Dès lors, je vis souvent Muoth. Il m'envoyait fréquemment des billets pour l'Opéra, il me priait parfois de jouer du violon chez lui et, si je n'appréciais pas tout en lui, il n'en était pas moins fort indulgent à mon égard. Ainsi naquit une amitié, la seule pour moi à cette époque, et je commençai presque à redouter le moment où il ne serait plus là. Il avait vraiment donné son congé et, malgré des efforts et des concessions, on ne put le retenir. Parfois, il faisait allusion à une nomination possible, en automne, dans un théâtre réputé.

Le printemps venu, je me trouvai à la dernière soirée de garçons chez Muoth; nous bûmes à notre prochaine rencontre et à l'avenir, mais cette fois-ci il n'y avait pas de femme. Au petit matin, Muoth nous accompagna jusqu'à la porte du jardin, nous fit quelques signes de main pendant que son chien sautait et aboyait. Quant à moi, il me semblait qu'une partie de ma vie, de mon expérience, avait pris fin; je croyais connaître Muoth assez bien pour être sûr qu'il nous oublierait bientôt tous. Je sentais clairement, pour la première fois et sans hésitation, que j'avais une réelle affection pour cet homme impérieux, capricieux et sombre.

Sur ces entrefaites, l'heure du départ avait sonné pour moi aussi. J'allai voir les personnes dont j'avais l'intention de garder un bon souvenir; je suivis, une fois encore, le chemin des crêtes et je regardai la pente que, de toute façon, je n'aurais pas oubliée.

Je rentrai chez mes parents, où m'attendait un avenir vraisemblablement sans joie. Je n'avais pas de situation, je ne pouvais donner de concerts tout seul, dans ma ville; je ne prévoyais, à ma grande terreur, que quelques leçons de violon à donner à des élèves. Mes parents m'attendaient et, certes, ils étaient assez riches pour que je n'aie aucun souci; ils étaient assez délicats, et assez bons aussi, pour ne pas me presser de questions et me demander ce que j'allais devenir. Mais dès le début, je sus que je ne resterais pas longtemps avec eux.

Pendant ces dix mois que je passai à la maison, donnant des leçons à trois élèves, je ne fus même pas malheureux. Dans cette petite ville aussi des hommes vivaient, il s'y passait bien quelque chose tous les jours, mais je ne m'y intéressais qu'avec une amicale et courtoise indifférence. Rien ne me touchait, rien ne m'attirait. Dans le silence absolu, par contre, je passais d'étranges heures où la musique m'emportait, et ma vie entière me paraissait alors figée, elle m'était étrangère, et il n'en subsistait qu'une nostalgie de musique qui, pendant les leçons de violon, m'infligeait une torture intolérable et faisait sans doute de moi un maître très dur. Mais ensuite, lorsque j'avais fait mon devoir, ou que j'y avais échappé par ruse et mensonge, je me plongeais profondément dans des rêves merveilleux; comme un somnambule, j'édifiais des constructions sonores hardies, j'élevais d'audacieuses tours dans les airs, je façonnais des voûtes pleines d'ombres profondes et j'y dessinais avec légèreté, avec volupté, des ornements enjoués qui s'envolaient comme des bulles de savon.

Pendant que je planais dans une ivresse singulière qui éloignait mes amis et inquiétait mes parents, la source tarie renaissait et jaillissait en moi avec bien plus de force et de richesse qu'un an auparavant dans les montagnes; les fruits des années passées à rêver, à travailler, et qui avaient semblé perdus, avaient insensiblement mûri, ils tombaient l'un après l'autre avec une extrême douceur, pleins de parfum et d'éclat, et ils m'entouraient d'une richesse presque douloureuse, dont je n'usais qu'avec précaution et méfiance. Au début, ce fut un *lied* que suivit une fantaisie pour violon, puis un quatuor pour cordes et, lorsque, quelques mois après, d'autres *lieder* encore et plusieurs ébauches d'œuvres symphoniques s'y furent ajoutés, il me sembla que tout cela n'était qu'un commencement, un essai; au fond de mon cœur je pensais à une grande symphonie; à mes heures de hardiesse je songeais même déjà à un opéra! Dans l'intervalle, j'écrivais d'humbles lettres à des chefs d'orchestre et à des directeurs de théâtre, en y joignant les recommandations de mes professeurs. Je demandais avec modestie que l'on voulût bien se souvenir de moi quand le premier emploi de violon serait vacant. Les réponses étaient brèves, courtoises et négatives. Pendant un jour ou deux, je me faisais tout petit et ne disais rien, je donnais mes leçons avec application et j'écrivais de nouveau des suppliques. Aussitôt après, je pensais que j'avais encore la tête pleine de musique à noter. Dès que je me remettais à travailler, les lettres et les théâtres, les chefs d'orchestre et les « chers messieurs » s'évanouissaient, je me retrouvais seul, parfaitement occupé et satisfait.

Pendant cette période, je vécus en marge des hommes et de la société. Une seule fois, et pour quelques instants, je fus en contact avec un homme que je n'oublierai pas : le professeur Lohe.

Un jour, alors que l'automne était déjà avancé, je faisais une promenade au sud de la ville où un jeune architecte de talent avait construit, pour des rentiers et de petits épargnants, des maisons modestes et pimpantes, que je voulais voir.

L'après-midi était chaud; çà et là, on gaulait les dernières noix, les jardins et les constructions neuves riaient au soleil. Elles me plurent, je les regardai avec cet intérêt superficiel et détendu qu'éprouvent pour ce genre de choses les jeunes gens qui n'envisagent que de très loin les idées de maison, de foyer, de famille, de repos et de soirée calme. La rue paisible et presque agreste présentait un charmant aspect de bien-être. En avançant lentement, j'eus l'idée de lire les noms des propriétaires gravés sur les petites plaques de cuivre fixées aux portes des jardins.

Sur l'une de ces plaques était inscrit le nom de Konrad Lohe, que je crus reconnaître. Je m'arrêtai, réfléchis et me souvins que l'un de mes professeurs du collège classique s'appelait ainsi. Pour quelques secondes, le passé ressuscita, me plongea dans l'étonnement, et roula sur ses flots fugitifs une nuée de visages de professeurs et de camarades, des sobriquets et des anecdotes. Pendant que je restais le regard fixé sur la plaque, en souriant, un homme qui travaillait courbé derrière un groseillier se redressa, s'approcha et me dévisagea.

« Est-ce chez moi que vous venez? » demanda-t-il.

C'était bien Lohe, le professeur Lohe, que nous avions surnommé Lohengrin.

« En fait, non, dis-je en lui tirant mon chapeau. Je ne

savais pas que vous habitiez là. J'ai été votre élève, autrefois. »

Son regard se fit plus perçant, me détailla, descendit jusqu'à ma canne. Il réfléchit, puis m'appela par mon nom. Il n'avait pas reconnu mon visage mais ma jambe raide, puisqu'il avait évidemment entendu parler de mon accident. Il me fit alors entrer.

Il était en bras de chemise et portait le tablier vert des jardiniers; il ne semblait pas du tout vieilli et avait une mine resplendissante. Nous fîmes les cent pas dans le petit jardin bien soigné, puis il me conduisit dans une véranda ouverte où nous prîmes place.

« Certes, je ne vous aurais pas reconnu, dit-il franchement. J'espère que vous avez gardé un bon souvenir de moi.

– Pas tout à fait, dis-je en souriant. Une fois vous m'avez puni alors que je n'avais rien fait, et vous avez pris mes protestations pour des mensonges. C'était en quatrième. »

Il me regarda d'un air soucieux.

« Il ne faut pas m'en vouloir, du reste, je le regrette. Malgré toute leur bonne volonté, il arrive toujours aux professeurs de faire une erreur, et une injustice est vite commise. Je connais des cas plus graves. C'est d'ailleurs un peu pour cette raison que je suis parti.

– Ah! vous n'êtes plus en fonction?

– Depuis longtemps. J'ai été malade, et lorsque je fus guéri mes façons de voir avaient tellement changé que je me fis mettre en congé. Je m'étais efforcé d'être un bon maître, je n'y suis pas parvenu, il faut être doué pour ça. J'ai donc abandonné, et je m'en porte fort bien. »

C'était manifeste. Je posai d'autres questions, mais il voulut connaître mon histoire, que j'eus bientôt racontée. Il n'apprécia pas beaucoup que je sois devenu musicien; mon malheur, par contre, lui inspira une compassion aimable et délicate, qui ne me blessa pas. Il chercha avec discrétion à découvrir comment j'arrivais à me consoler, et mes réponses à demi évasives ne le satisfirent pas. Avec force jeux de physionomie, après de timides détours, il me fit savoir, avec une hésitation mêlée d'impatience, qu'il connaissait une consolation, une sagesse parfaite, accessible à tous ceux qui la cherchaient sérieusement.

« Je sais bien, dis-je, vous voulez parler de la Bible. »

M. Lohe eut un sourire malin :

« La Bible, c'est bien, elle mène à la connaissance. Mais ce n'est pas la connaissance même.

– Et où est donc la connaissance même ?

– Vous la trouverez facilement, si vous le voulez. Je vais vous donner un ouvrage qui vous fournira les notions élémentaires. Avez-vous déjà entendu parler de la doctrine du Karma[1] ?

– Le Karma ? Non, qu'est-ce ?

– Vous verrez, attendez ! »

Il s'en fut précipitamment, resta absent quelques minutes, pendant que je l'attendais surpris et désorienté. Je regardais le jardin où des arbres fruitiers nains s'alignaient au cordeau. M. Lohe revint en courant. Il me jeta un regard ravi et me tendit un petit livre dont la couverture portait un titre mystérieux, aux lettres dessinées avec art : *Catéchisme théosophique pour débutants.*

« Emportez-le. Vous pouvez le garder, et si vous voulez poursuivre vos recherches, je peux vous en prêter d'autres encore. Ceci n'est qu'une introduction. Je dois tout à cette doctrine. Elle m'a rendu la santé physique et morale, et j'espère qu'il en sera de même pour vous. »

Je pris le petit livre et le mis dans ma poche. M. Lohe me raccompagna jusqu'à la rue, me dit amicalement au revoir, et me pria de revenir bientôt. Je le regardai, son visage était bon et joyeux, et il me sembla que l'on

1. Doctrine de la théosophie hindoue : le Karma est la destinée telle que chacun se l'est lui-même – et fût-ce à son insu – forgée par ses actes.

pouvait en toute quiétude s'engager sur la voie du bonheur qu'il indiquait.

Je rentrai chez moi avide de faire les premiers pas sur le chemin de la félicité.

Mais je ne m'y engageai que quelques jours plus tard. A mon retour, les sons m'attirèrent de nouveau avec force, je m'y plongeai, je planai dans la musique, j'écrivis et je jouai jusqu'à ce que le tumulte se fût dissipé une nouvelle fois et que je pusse revenir, dégrisé, à la vie quotidienne. J'éprouvai alors aussitôt le besoin d'étudier la nouvelle doctrine et j'entrepris la lecture du petit livre, dont je pensais parcourir rapidement le contenu.

Ce ne fut pas si facile. Le petit livre se multipliait entre mes mains et se révélait inépuisable. Une jolie introduction, pleine d'attrait, entretenait le lecteur des multiples chemins du bonheur, qui ont tous leur intérêt, et de la fraternité théosophique de ceux qui veulent atteindre librement à la connaissance, à la plénitude intérieure et qui considèrent toute foi comme sacrée, admettant toutes les voies vers la lumière. Suivait une cosmogonie, que je ne compris pas, une division de l'univers en « niveaux » divers et de l'histoire en ères inconnues; même l'Atlantide y jouait un rôle. Je passai là-dessus et m'attaquai aux autres chapitres, qui exposaient la doctrine de la régénération, plus compréhensible pour moi.

Je n'arrivais pas à établir clairement s'il fallait considérer tout cela comme de la mythologie, comme une affabulation poétique, ou s'il fallait prendre la doctrine à la lettre, comme une vérité. Cette dernière interprétation me semblait juste, mais je ne parvenais pas à m'en convaincre. Venait alors la doctrine du Karma. Elle m'apparut comme une adoration religieuse des lois de la causalité, qui me plut assez. Pourtant, je me rendis compte bientôt que toute cette doctrine ne pouvait apporter richesse et consolation qu'à celui qui l'acceptait littéralement et y croyait de tout son être. Celui qui y voyait, comme moi, un symbole à la fois beau et confus, une tentative d'expliquer le monde par la mythologie, pouvait sans doute en retirer un enseignement et la respecter, mais elle ne lui donnait ni vie ni force. On pouvait peut-être concilier la théosophie avec la réflexion et la noblesse d'âme; elle n'offrait, pour autant, une consolation définitive qu'à celui qui, sans beaucoup réfléchir, acceptait cette éthique avec une foi candide. Ce n'était pas ce qui me convenait pour le moment.

Je retournai cependant plusieurs fois chez le professeur qui, douze ans plus tôt, m'avait soumis à la torture du grec et en avait souffert lui-même, et qui désirait être désormais mon maître et mon guide dans un domaine tout à fait différent, où il ne réussissait pas mieux. Nous ne fûmes jamais amis, M. Lohe et moi, mais j'aimais à lui rendre visite. Pendant un certain temps, il fut le seul être auquel je parlai des problèmes importants de ma vie. Cela me permit de constater que ces conversations n'avaient aucune valeur et ne pouvaient, tout au plus, que se terminer par de sages formules; pourtant cet homme plein de foi, que l'Eglise et la science avaient laissé indifférent, et qui maintenant, au déclin de sa vie, découvrait la paix et la splendeur de la religion dans une croyance naïve à une doctrine curieuse et subtile, m'émouvait et me paraissait presque vénérable.

Malgré tous mes efforts, cette voie m'est restée inaccessible jusqu'à présent, et j'éprouve pour les êtres pieux, sûrs de leur foi, quelle qu'elle soit, et dont l'esprit est en paix, une attirance admirative, à laquelle ils sont incapables de répondre.

Au cours de la brève période où je rendis visite à ce théosophe convaincu, passionné d'arboriculture, je reçus un jour une petite somme d'argent dont la provenance me parut obscure. Elle m'était envoyée par un homme d'affaires chargé de l'organisation de concerts dans le Nord de l'Allemagne, et qui était très connu, mais avec lequel je n'avais jamais été en rapports. Je demandai des renseignements, et l'on me répondit que cette somme m'avait été envoyée sur ordre de M. Henri Muoth, et qu'elle représentait mes droits d'auteur pour une chanson que j'avais composée, et que Muoth avait chantée dans six concerts.

J'écrivis alors à Muoth, le remerciai et lui demandai de ses nouvelles. J'aurais surtout aimé savoir comment mon *lied* avait été accueilli dans les concerts. J'avais, certes, entendu parler de la tournée de Muoth, et j'avais lu une ou deux fois des critiques dans des journaux, mais il n'avait jamais été question de mon *lied*. Avec l'abondance de détails dont sont coutumiers ceux qui vivent seuls, je lui décrivis dans ma lettre ma vie et mon travail; j'y joignis aussi l'un des nouveaux *lieder*. Puis j'attendis deux, trois, quatre semaines et, comme je ne recevais toujours pas de réponse, j'oubliai toute l'affaire. Je continuais à composer presque tous les jours, et ma musique s'enrichissait comme en rêve. Mais dans l'intervalle, j'étais abattu et insatisfait, les leçons m'étaient extrêmement pénibles, je sentais que cette situation ne se prolongerait pas.

Ce fut donc avec un sentiment de délivrance que je reçus une lettre de Muoth qui semblait marquer la fin de mon exil. Il m'écrivait :

« Cher Monsieur, je n'aime pas à écrire, c'est pourquoi votre lettre est restée sans réponse et, en fait, je ne savais pas bien que répondre. Maintenant, je peux vous faire des offres concrètes. J'ai été engagé à l'Opéra de R., et j'aimerais que vous y veniez. Au début, vous auriez un emploi de second violon. Le chef d'orchestre est un homme franc et sensé, encore que brutal. On trouvera sans doute une occasion de jouer bientôt quelque œuvre de vous ici, où nous avons un bon orchestre de chambre. J'ai aussi quelques informations à vous donner au sujet des *lieder,* il y a en particulier ici un éditeur qui veut les avoir. Qu'il est ennuyeux d'écrire! Venez donc vous-même. Mais dépêchez-vous et télégraphiez pour l'emploi, c'est urgent,

« Votre MUOTH. »

Je fus ainsi brusquement arraché à ma stérile retraite; emporté par le courant de la vie, j'eus de nouveau des espoirs et des soucis, des craintes et des joies. Rien ne me retenait, mes parents étaient contents de me voir progresser dans ma carrière et faire un pas décisif. Je télégraphiai sans retard et trois jours plus tard je me trouvais à R., chez Muoth.

Descendu dans un hôtel, j'avais voulu lui rendre visite et je ne l'avais pas trouvé. Il vint me voir à l'improviste. Il me serra la main, ne me demanda rien et ne me raconta rien, il ne partageait pas le moins du monde mon agitation. Il était habitué à vivre au jour le jour, à ne jamais prendre au sérieux que le moment présent et à en épuiser la richesse. Il me donna à peine le temps de me changer et me conduisit chez le chef d'orchestre.

« Voici M. Kuhn », lui dit-il.

Rössler salua sèchement.

« Enchanté. Que voulez-vous?

– Mais, voyons, s'écria Muoth, c'est le violoniste. »

Le chef d'orchestre me regarda avec surprise, se tourna vers le chanteur et dit brutalement :

« Vous ne m'aviez pas dit que ce monsieur était infirme. Je ne veux pas d'invalides. »

Je sentis le sang affluer à mon visage, mais Muoth resta calme. Il se contenta d'éclater de rire en disant :

« Doit-il donc danser, Rössler? Je croyais qu'il devait jouer du violon. S'il en est incapable, nous le renverrons. Mais encore faudrait-il lui faire passer une audition d'abord.

– Soit. Monsieur Kuhn, venez me voir demain matin, un peu après neuf heures. Venez ici, chez moi. Vous êtes fâché de ce que j'ai dit de votre jambe? Mais Muoth aurait aussi bien pu me le dire avant. Allons, nous verrons. Au revoir. »

En sortant, je fis des reproches à Muoth. Il haussa les épaules et dit que s'il avait parlé tout de suite de mon infirmité, le chef d'orchestre n'aurait probablement pas accepté que je vienne; mais, à présent, j'étais là, et si Rössler était à peu près satisfait de moi, il se montrerait bientôt sous un jour plus aimable.

« Mais comment avez-vous donc pu me recommander? demandai-je. Vous ne savez même pas si j'ai le moindre talent.

– Ah! ça, c'est votre affaire. J'ai pensé que ça irait, et ça ira. Vous êtes si modeste et si humble que vous n'arriveriez jamais à rien, si on ne vous poussait de temps en temps. C'est ce que j'ai fait. A vous de continuer! Vous n'avez pas à vous faire de souci. Votre prédécesseur ne valait pas grand-chose! »

Je passai la soirée chez Muoth. A R. aussi il avait loué

quelques pièces dans une maison éloignée, au milieu de jardins, dans le calme, et son énorme chien bondit au-devant de lui comme il en avait l'habitude. A peine étions-nous assis et commencions-nous à nous réchauffer, que survint une dame, belle, élancée. L'atmosphère était celle d'autrefois. La nouvelle amie de Muoth était, comme la précédente, une femme d'aspect altier et d'une parfaite beauté. Le chanteur semblait considérer comme tout naturel de se lier à de belles femmes, et je regardai celle-ci avec l'embarras que j'éprouvais toujours en présence de femmes aimantes; cet intérêt n'était pas exempt d'envie, puisque je devais à ma jambe infirme de n'avoir ni espoir ni amour.

Cette fois encore, comme autrefois, on but beaucoup de bon vin chez Muoth. Il nous imposa sa gaieté fougueuse, qui au fond nous oppressait, et qui nous gagna cependant. Il chanta à merveille, sans oublier un de mes *lieder,* et l'amitié nous rapprocha tous trois, anima notre conversation et réchauffa nos cœurs. Nous restâmes ensemble tant que cette intimité nous enveloppa de sa flamme. La grande femme, qui s'appelait Charlotte, m'attirait par sa douce amabilité. Ce n'était pas la première fois qu'une femme belle et affectueuse me manifestait de la compassion et une curieuse confiance et, cette fois aussi, cela me fit du bien et du mal; je connaissais déjà un peu cette façon de se comporter, et je ne la pris pas trop au sérieux. Il m'est arrivé par la suite qu'une femme amoureuse m'honorât d'une particulière amitié. Elles me croyaient toutes incapable d'amour aussi bien que de jalousie, elles me manifestaient une désolante pitié et elles se confiaient à moi avec des sentiments presque maternels.

Malheureusement, je n'étais pas encore habitué à de telles situations et je ne pouvais voir de près le spectacle d'un amour heureux sans penser quelque peu à moi : à vrai dire, j'aurais bien aimé un jour en vivre un, moi aussi, désir qui amoindrissait ma joie; je passai pourtant une bonne soirée auprès de cette belle femme éprise et de cet homme sombre, ardent, impétueux et rude, qui m'aimait, s'occupait de moi et ne pouvait cependant me témoigner son attachement que comme aux femmes, avec violence et caprice.

Lorsque nous choquâmes nos verres pour la dernière fois, avant de nous séparer, il me regarda et me dit :

« Je devrais vous proposer maintenant de sceller notre amitié [1], n'est-ce pas? J'aimerais bien à le faire. Mais nous nous en abstiendrons, et tout sera pour le mieux. Autrefois, je tutoyais immédiatement tous ceux qui me plaisaient, mais cela ne vaut rien, surtout entre collègues. J'ai fini par avoir des ennuis avec tous. »

Cette fois-là, je n'eus pas le bonheur doux-amer de raccompagner la bien-aimée de mon ami chez elle. Elle resta, et cela me fut plus agréable. Le voyage, la visite au chef d'orchestre, l'attente inquiète du lendemain, la reprise des relations avec Muoth, tout cela m'avait fait du bien. C'est maintenant seulement que je voyais combien cette longue année solitaire, passée dans l'attente, m'avait sottement fait oublier les relations humaines. J'éprouvais enfin du bien-être; une agréable curiosité m'animait de nouveau, j'étais actif, mêlé aux autres personnes, j'avais de nouveau ma place dans le monde.

Le lendemain matin, j'arrivai très tôt chez le chef d'orchestre Rössler. Je le trouvai en robe d'intérieur, non coiffé. Il m'invita à jouer, avec plus d'amabilité que la veille; il plaça des notes manuscrites devant moi et se mit au piano. Je jouai de mon mieux, mais j'avais de la peine à déchiffrer les notes mal écrites. Lorsque nous eûmes fini, il mit devant moi, sans mot dire, une autre feuille, que je devais jouer seul, puis une troisième.

« C'est bien, dit-il. Il faudra vous habituer à mieux lire les notes, elles ne sont pas toujours calligraphiées. Venez

1. Coutume allemande qui consiste à vider un verre en passant le bras droit sous celui de son ami. A dater de ce moment, les deux nouveaux amis se tutoient.

ce soir au théâtre, on trouvera bien de la place, vous pourrez alors jouer votre partie à côté de celui qui en était provisoirement chargé, faute de mieux. Vous serez un peu serré. Regardez bien les notes avant de venir, il n'y a pas de répétition aujourd'hui. Je vous donne un billet qui vous permettra d'aller chercher, à onze heures, la partition au théâtre. »

Je ne savais pas encore bien où j'en étais, mais je voyais que cet homme n'aimait pas les questions et je m'en allai. Au théâtre, personne n'avait entendu parler de ces notes, on ne m'écoutait pas et, comme je n'étais pas habitué à l'agitation qui y régnait, je perdis contenance. J'envoyai une lettre exprès à Muoth, qui vint et arrangea tout comme par miracle. Le soir, je jouai pour la première fois au théâtre, sous l'œil attentif du chef d'orchestre. Le lendemain, j'obtins la place.

L'homme est si bizarrement fait que dans cette nouvelle crise, alors que mes désirs étaient comblés, une nostalgie de solitude et de journées creuses, peu perceptible et comme voilée, s'empara de moi. La pitoyable période que j'avais passée dans ma ville, sans aucun fait marquant, et à laquelle j'avais échappé avec tant de gratitude envers le sort, me paraissait mériter des regrets, et je pensais en particulier avec une réelle nostalgie aux semaines que j'avais vécues en montagne deux ans auparavant. Je croyais pressentir que je ne connaîtrais ni bien-être ni bonheur dans ma vie, que je serais toujours parmi les faibles, que j'aurais toujours le dessous et que, si je ne restais dans l'ombre, si je ne me sacrifiais, la source créatrice serait moins limpide, moins riche. Au début, il ne fut vraiment question ni d'heures paisibles ni de travail créateur. Et cependant que je menais une vie agréable et bien remplie, je m'imaginais entendre sans cesse le doux murmure, la faible plainte de la source ensevelie.

J'avais plaisir à jouer dans l'orchestre, je travaillais de nombreuses partitions et je pénétrais à tâtons, mais avec avidité, dans cet univers. J'appris peu à peu ce que je n'avais su que théoriquement et de loin, je saisissais, de l'intérieur, la signification de chaque instrument, je m'intéressais en même temps à la musique de scène et je l'étudiais, j'attendais de plus en plus sérieusement l'époque où j'oserais entreprendre moi-même un opéra.

Mes étroites relations avec Muoth, qui avait une situation éminente et respectée au théâtre, me furent très utiles. Mais elles me nuisaient beaucoup auprès de mes collègues de l'orchestre. Je n'arrivais pas à établir avec eux la franche amitié que je souhaitais. Seul notre premier violon, qui était originaire de Styrie et s'appelait Teifer, me fit bon accueil et devint mon ami. Il avait bien dix ans de plus que moi. C'était un homme simple et ouvert, dont le visage aux traits fins et réguliers rougissait facilement, et qui avait de surprenantes dispositions musicales. C'était un de ces êtres qui trouvent dans leur art une entière satisfaction, sans vouloir jouer un rôle par eux-mêmes. Il n'était pas un virtuose, et il n'avait jamais composé; il se contentait de jouer du violon à la perfection, et il y trouvait plaisir. Il connaissait toutes les ouvertures comme il est rare qu'un chef d'orchestre les connaisse et, lorsqu'il y avait un passage subtil ou particulièrement brillant, lorsque la rentrée d'un instrument se distinguait par sa beauté ou son originalité, il rayon nait et appréciait comme personne, dans tout le théâtre, n'était à même de le faire. Il jouait de presque tous les instruments, si bien que chaque jour j'apprenais quelque chose de lui.

Des mois durant, nous n'échangeâmes pas une parole qui n'eût trait au métier, mais je l'aimais bien, et il voyait que je voulais vraiment me perfectionner. Aussi, un accord tacite, très proche de l'amitié, s'établit entre Teifer et moi. Je lui parlai enfin de ma sonate pour violon et le priai de la jouer une fois pour moi. Il accepta l'invitation. Pour lui faire plaisir, je m'étais procuré du vin de son pays. Nous en bûmes un verre, puis je posai les notes devant lui et nous commençâmes. Il déchiffrait à merveille mais soudain il s'arrêta, et les feuillets tombèrent.

« Dites-moi, Kuhn, s'exclama-t-il, cette musique est diablement belle. Je ne peux pas la jouer à l'improviste. Je vais d'abord la travailler. Je l'emporte chez moi. Vous permettez? »

Lorsqu'il revint, nous jouâmes la sonate entière, à deux reprises et, à la fin, il me tapa sur l'épaule et s'écria :

« Cachottier! Vous vous conduisez toujours comme un petit garçon, et en secret vous écrivez de telles œuvres! Je ne veux pas en dire grand-chose, je ne suis pas un professeur, mais c'est fameusement beau. »

C'était la première fois qu'une personne en laquelle j'avais vraiment confiance faisait l'éloge de mon travail. Je lui montrai tout, même les *lieder* qui étaient précisément sous presse et furent publiés peu de temps après. Mais je n'osai pas encore lui dire que j'avais l'audace de penser à un opéra.

Un petit événement survenu pendant cette agréable période me troubla, et je ne pus jamais l'oublier. Chez Muoth, auquel je rendais de fréquentes visites, je ne rencontrais plus la belle Charlotte. Je ne m'en préoccupais guère, car je ne voulais pas être mêlé aux affaires sentimentales de mon ami; je préférais n'en rien savoir. C'est pourquoi je ne lui avais jamais posé de questions, et il ne m'avait d'ailleurs parlé de rien à ce sujet.

Un après-midi, j'étais assis dans ma chambre et j'étudiais une partition. Mon chat noir était allongé sur le rebord de la fenêtre, endormi; toute la maison était calme. J'entendis la porte extérieure s'ouvrir. Quelqu'un entra, salué et arrêté par ma logeuse, passa outre, se précipita vers ma porte. On frappa. J'allai ouvrir. Une femme grande, élégante, le visage voilé, entra et referma la porte. Elle fit quelques pas dans la chambre, respira profondément; enfin, elle souleva son voile. Je reconnus Charlotte. Elle semblait agitée, et je devinai aussitôt pourquoi elle était venue. Je la priai de s'asseoir, ce qu'elle fit; elle m'avait tendu la main, mais elle n'avait pas encore prononcé un mot. Mon évidente perplexité parut la soulager, comme si elle avait craint que je ne la renvoie aussitôt.

« Il s'agit de Henri Muoth? » lui demandai-je enfin.

Elle opina :

« Vous étiez au courant?

– Je ne suis pas au courant. J'ai seulement pensé qu'il était question de lui. »

Elle me regarda droit dans les yeux, avec l'expression d'un malade face à son médecin, resta silencieuse et retira lentement ses gants. Soudain, elle se leva, posa ses mains sur mes épaules et me fixa de ses grands yeux.

« Que dois-je faire? dit-elle. Il n'est jamais chez lui, il ne m'écrit plus jamais, il n'ouvre même pas mes lettres! Depuis trois semaines, je n'ai plus pu lui parler. J'ai été chez lui hier, je savais qu'il y était, mais il ne m'a pas ouvert. Il n'a même pas sifflé son chien, qui a déchiré ma robe; il ne veut déjà plus me reconnaître, lui non plus.

– Vous êtes-vous donc disputés? » lui demandai-je pour ne pas rester muet.

Elle rit :

« Disputés? Ah! nous nous sommes assez disputés, dès le début! J'y étais déjà habituée. Non, ces derniers temps, il était même aimable, ce qui m'a tout de suite semblé suspect. Un jour, il s'absenta alors qu'il m'avait demandé de venir; une autre fois, il m'annonça sa visite et ne vint pas. Finalement, il se mit tout à coup à me vouvoyer! Ah! si seulement il m'avait de nouveau battue! »

Je sursautai :

« Battue...? »

Elle se remit à rire :

« Vous ne le saviez pas? Oh! il m'a souvent battue, mais il y a déjà longtemps. Il est devenu aimable, il m'a vouvoyée et, maintenant, il ne me connaît plus. Je crois qu'il en a une autre. C'est pourquoi je suis venue. Dites-le-moi, s'il vous plaît! En a-t-il une autre? Vous le savez! Vous devez sûrement le savoir! »

Avant que j'aie pu me défendre, elle avait saisi mes deux mains. J'étais comme pétrifié et malgré mon vif désir d'abréger cette scène, j'étais content de ne pouvoir placer un mot, car je n'aurais su que dire.

Partagée entre l'espoir et la détresse, il lui suffisait que je l'écoute. Elle me posait des questions, me racontait son histoire et se plaignait avec passion. Moi, je regardais sans cesse son joli visage déjà mûr, couvert de larmes, et je ne pouvais avoir d'autre pensée que celle-ci : « Il l'a battue. » Il me semblait voir son poing, ce qui m'était aussi odieux qu'à elle qui, après avoir été battue, méprisée, repoussée, paraissait n'avoir d'autre souhait que de retourner vers lui où elle retrouverait les humiliations qu'elle avait subies.

Le flot s'apaisa. Charlotte parlait plus lentement, elle semblait se troubler, prendre conscience de la situation. Elle se tut. En même temps, elle lâcha mes mains.

« Il n'en a pas d'autre, dis-je doucement, pas à ma connaissance du moins, et je ne le crois pas. »

Elle me regarda avec reconnaissance.

« Mais je ne peux vous aider, continuai-je. Jamais je ne parle de tels sujets avec lui. »

Nous restâmes tous les deux silencieux un moment. Je ne pouvais m'empêcher de penser à Marion, à la belle Marion, et à cette soirée où, dans l'air imprégné de fœhn, elle avait marché à mon bras et si courageusement pris le parti de son amant. L'avait-il battue, elle aussi? Le poursuivait-elle encore, elle aussi?

« Pourquoi êtes-vous venue chez moi? demandai-je.

– Je ne sais pas, il fallait bien que je fasse quelque chose. Vous ne croyez pas qu'il pense encore à moi? Vous êtes bon, vous allez m'aider! Vous pourriez bien essayer, l'interroger une fois, parler un peu de moi...

– Non, je ne peux pas. S'il vous aime encore, il vous reviendra de lui-même. Et sinon, alors...

– Alors quoi?

– Eh bien, vous devriez l'abandonner à son sort, il ne mérite pas que vous vous abaissiez à ce point. »

Elle sourit alors soudain.

« Oh! vous, que savez-vous de l'amour! »

« Elle a raison », pensai-je, mais je souffris tout de même. Si l'amour ne voulait venir à moi, si je devais lui rester étranger, quelle raison avais-je d'être le confident des amours d'autrui et de les aider? J'avais pitié de cette femme, mais je la méprisais plus encore. Si tel était l'amour, cruauté d'une part, humiliation de l'autre, la vie était plus agréable sans lui.

« Je ne veux pas discuter, répliquai-je froidement. Je ne comprends pas cette sorte d'amour. »

Charlotte renoua son voile.

« Oui, je m'en vais. »

Elle me faisait de nouveau pitié, mais je ne voulais pas recommencer cette scène stupide, je me tus donc, et je lui ouvris ma porte vers laquelle elle s'avançait. Je la reconduisis jusqu'à l'escalier, sous les yeux de ma logeuse; là, je m'inclinai, et elle partit sans plus rien dire ni me regarder.

Je la suivis tristement des yeux et l'image de son départ resta longtemps gravée dans mon souvenir. Etais-je vraiment un être tout à fait différent de Marion, de Charlotte, de Muoth? Etait-ce là vraiment l'amour? Tous ces êtres passionnés, je les voyais chanceler et se laisser emporter vers des lendemains incertains : cet homme que tourmentaient tour à tour le désir et le dégoût, qui passait d'un sombre amour à une rupture brutale, qui n'était jamais sûr de ses sentiments, qui ne trouvait aucune joie dans son amour; et ces femmes attirées par lui, qui supportaient les humiliations, les coups, qu'il repoussait enfin et qui ne lui restaient pas moins attachées comme des chiens fidèles, ces femmes auxquelles la jalousie et leur amour dédaigné faisaient perdre toute dignité... Ce jour-là, pour la première fois depuis très longtemps, je pleurai. Malgré moi, je versai des larmes de rage sur ces êtres, sur mon ami Muoth, sur la vie et l'amour, et des larmes plus calmes, plus secrètes, sur moi-même, qui vivais parmi ces gens-là comme si j'avais été sur une autre planète, sur moi qui ne comprenais pas la vie, qui étais assoiffé d'amour et devais cependant le redouter.

Je fus longtemps sans retourner chez Muoth. Il célébrait à cette époque ses triomphes de chanteur wagnérien et commençait à faire figure d'étoile. En même temps, je me faisais, moi aussi, modestement, connaître du public. Mes *lieder* furent édités et accueillis avec bienveillance, deux de mes pièces pour orchestre de chambre furent jouées en concert. Je ne bénéficiais encore que de l'approbation discrète et encourageante de mes amis; la critique attendait en silence et m'accepta d'abord avec réserve, comme un débutant.

Je voyais souvent le violoniste Teifer. Il m'aimait bien et louait mes travaux avec une joie amicale; il me prédisait de grands succès et était toujours prêt à jouer avec moi. Il me manquait pourtant quelque chose. Je me sentais attiré par Muoth, mais je l'évitais encore. Je n'entendais plus parler de Charlotte. Pourquoi n'étais-je pas satisfait? Je me reprochais de ne pas me contenter de la compagnie du fidèle, de l'éblouissant Teifer. Mais, même auprès de lui, il me manquait quelque chose. Il était trop gai pour moi, trop éclatant, trop satisfait; il semblait ignorer les abîmes du cœur. Il avait mauvaise opinion de Muoth. Au théâtre, lorsque Muoth chantait, il me regardait parfois et murmurait : « Ecoutez-le, c'est de nouveau mauvais! Il est déjà tout à fait perverti! Il ne chante plus de Mozart, il sait bien pourquoi. » J'étais obligé de lui donner raison, mais c'était à contrecœur. J'étais attaché à Muoth, et je n'avais pourtant pas envie de le défendre. Il y avait en Muoth quelque chose que Teifer n'avait pas, qu'il ignorait, et qui me liait au chanteur. C'était une exigence sans fin, de la nostalgie, de l'insatisfaction. Elles m'incitaient à l'étude et au travail, me faisaient rechercher des êtres qui m'échappaient, comme Muoth, précisément, que la même insatisfaction aiguillonnait et tourmentait, mais d'une autre façon. Je composerais toujours de la musique, je le savais, mais je désirais aussi créer une fois sous l'inspiration du bonheur, de la plénitude et d'une joie sans mélange, au lieu de le faire toujours par nostalgie et parce que mon cœur était insatisfait. Ah! pourquoi ce que je possédais, la musique, ne me rendait-il pas heureux? Et pourquoi ce que Muoth possédait, sa vitalité débordante et les femmes, ne le rendait-il pas heureux?

Teifer était heureux, lui, aucun désir irréalisable ne le torturait. Il prenait à l'art un plaisir délicat et désintéressé, il ne lui demandait que ce qu'il pouvait lui offrir et, en dehors de l'art, il se contentait de moins encore. Quelques êtres affectueux, un bon verre de vin à l'occasion lui suffisaient, et une excursion dans la nature en ses jours de loisir, car il aimait les longues promenades et l'air pur. Si la doctrine théosophique avait quelque fondement, cet homme devait déjà être presque parfait, tant il était bon et tant son cœur était inaccessible à la passion et à l'insatisfaction. Et pourtant, même si je prétendais m'en persuader, je ne souhaitais pas lui ressembler. Je ne voulais pas être un autre, je voulais rester dans ma peau, où je me sentais pourtant bien souvent mal à l'aise. Depuis que mes œuvres commençaient à exercer une certaine influence, je prenais conscience de ma puissance, et je devenais déjà orgueilleux. Il fallait que je trouve un terrain d'entente avec les hommes, que je puisse vivre avec eux d'une façon ou d'une autre sans toujours avoir le dessous. S'il n'y avait d'autre voie, j'y parviendrais peut-être par ma musique. S'ils ne voulaient m'aimer, il leur faudrait aimer mon œuvre.

Je ne parvenais pas à me défaire de ces sottes pensées. Et pourtant, j'étais prêt à toutes les concessions, à tous les sacrifices si l'on voulait de moi, si seulement on me comprenait un peu. La musique ne réglait-elle pas secrètement le mouvement de l'univers, la ronde harmonieuse de la terre et des astres? Et je devais rester isolé sans trouver d'êtres dont l'existence pût s'accorder à la mienne dans la pureté et la beauté?

Un an s'était écoulé dans cette ville inconnue. Au début, je n'avais guère eu de relations en dehors de Muoth, Teifer et de notre chef d'orchestre Rössler, mais, par la suite, j'avais participé un peu plus à la vie mondaine, sans y trouver plaisir ni déplaisir. L'audition de mes pièces pour orchestre de chambre m'avait fait faire la connaissance des musiciens de la ville, même de ceux qui n'étaient pas du théâtre et, dans ce petit cercle, je portais désormais le fardeau léger et agréable d'une célébrité qui grandissait insensiblement; je remarquais que l'on me connaissait et m'observait. La plus douce des célébrités est celle qui ne recherche pas encore d'éclatants succès, qui ne peut encore susciter aucune envie ni isoler. On bénéficie de la considération, on se sait élogieusement cité en maints endroits, on est accueilli par des visages aimables; les gloires reconnues vous saluent avec bienveillance, les jeunes avec déférence, et l'on garde la secrète conviction que le meilleur est encore à venir. C'est là le propre de la jeunesse, jusqu'au jour où l'on s'aperçoit que le meilleur est passé. Seule, la compassion que je devinais dans toute louange portait atteinte à mon sentiment de bien-être. J'avais même souvent l'impression que l'on ne se montrait si aimable à mon égard que parce que j'étais un pauvre garçon, un infirme, à qui l'on était content de pouvoir offrir une compensation.

Après un concert où l'on avait joué un de mes duos pour violon, je fis la connaissance d'un riche industriel, Imthor, que l'on considérait comme un amateur de musique assidu et un mécène pour les jeunes artistes. C'était un homme assez petit, calme, aux cheveux grisonnants, et dont l'aspect ne révélait en rien la richesse et le goût profond pour l'art. Mais ses paroles me montrèrent très bien qu'il comprenait la musique; il ne décernait pas des éloges au petit bonheur, mais donnait une approbation calme et objective, ce qui valait beaucoup mieux. Il me dit qu'il organisait chez lui des soirées de musique, aussi bien moderne qu'ancienne, ce que je savais depuis longtemps. Il m'invita et conclut sur ces mots : « Nous avons vos *lieder* chez nous, nous les aimons bien. Ma fille aussi sera contente. »

Avant même que j'aie trouvé le temps de rendre visite à M. Imthor, je reçus une invitation. M. Imthor me demandait l'autorisation de faire jouer chez lui mon trio en mi bémol majeur. Deux musiciens, amateurs de talent, un violoniste et un violoncelliste, étaient prêts à le jouer, et l'on me réservait le premier violon, si j'acceptais de venir. Je savais qu'Imthor donnait toujours des cachets généreux aux musiciens professionnels qui se produisaient chez lui. Il m'eût été désagréable de les accepter, et je ne savais pas pourtant dans quel esprit m'était faite cette invitation. Je finis par accepter, les deux musiciens vinrent me voir, prirent leurs partitions et nous fîmes quelques répétitions. Entre-temps, je me rendis chez Imthor, mais je ne trouvai personne. Et le soir fixé arriva.

Imthor était veuf, il habitait une vieille maison bourgeoise d'une imposante simplicité, l'une des rares demeures ayant conservé son jardin au centre de la ville, où l'on bâtissait beaucoup. Comme il était tard, je ne vis pas grand-chose du jardin, à l'exception d'une courte allée de grands platanes aux troncs tachetés de lumière par le reflet des lampes et entre lesquels s'élevaient des statues noircies. Dès la porte d'entrée, les murs étaient couverts de vieux tableaux, de quantité de portraits de famille, de paysages ternis, de panoramas démodés et d'études d'animaux. J'arrivai en même temps que d'autres invités, nous fûmes reçus et introduits par une gouvernante.

Il n'y avait pas grand monde, et pourtant, dans les pièces aux dimensions réduites, nous fûmes à l'étroit jusqu'au moment où l'on ouvrit les portes du salon de musique. Là, il y avait de la place, tout semblait neuf : le piano à queue, les meubles où étaient rangées les partitions, les lampes, les sièges; seuls les tableaux étaient anciens, comme dans les autres pièces.

Mes partenaires étant là, nous disposâmes nos pupitres, vérifiâmes l'éclairage et nous commencions à accorder nos instruments quand s'ouvrit une porte par laquelle entra une jeune fille en robe claire se détachant sur la demi-obscurité de la salle. Les deux musiciens la saluèrent avec déférence, je vis que c'était la fille d'Imthor. Elle me jeta un bref regard interrogateur, puis, avant même que je me sois présenté, elle me tendit la main et dit :

« Je vous connais déjà, vous êtes M. Kuhn. Soyez le bienvenu! »

Dès son entrée, cette charmante jeune fille m'avait impressionné. Sa voix était si claire et si bienveillante que je serrai chaleureusement la main qui m'était tendue. Je regardai joyeusement et droit dans les yeux la fille de mon hôte, dont le visage exprimait douceur et amitié.

« J'attends avec plaisir votre trio, dit-elle en souriant, comme si je correspondais à l'image qu'elle s'était faite de moi et n'éprouvait aucune déception.

– Moi aussi », répliquai-je, sans savoir ce que je disais.

Je la regardai de nouveau et elle inclina la tête. Puis elle sortit de la salle, et je la suivis des yeux. Elle revint bientôt, au bras de son père, précédant les invités. Nous étions prêts à jouer. Tout le monde prit place, quelques amis me firent signe, le maître de maison me serra la main, et lorsque tous furent assis, les lampes électriques s'éteignirent et seules brûlèrent les hautes chandelles placées au-dessus des partitions.

J'avais presque oublié ma musique. Je cherchai dans le fond de la salle Mlle Gertrude, assise dans la pénombre, adossée à une bibliothèque. Ses cheveux blond foncé paraissaient presque noirs, je ne voyais pas ses yeux. Je battis doucement la mesure, et un long coup d'archet marqua le début de l'andante.

Maintenant que je jouais, je me sentais à l'aise; débordant de ferveur, le rythme me berçait, je planais librement dans l'harmonie des thèmes sonores qui me semblaient tous absolument neufs, comme s'ils avaient été découverts à l'instant même. Je pensais à la musique, je pensais à Gertrude Imthor, et ces deux courants mêlaient sans obstacle leur limpidité. Je dirigeais mon archet et donnais, des yeux, mes directives; la musique se répandait en une infinie splendeur et m'emportait sur une voie tendue d'or vers Gertrude que je ne pouvais plus voir, et que je ne désirais même plus voir en ce moment-là. Je lui faisais don de ma musique, de mon souffle, de mes pensées et des battements de mon cœur, comme le promeneur matinal s'abandonne à l'éclat bleuté et léger des prairies dans la lumière de l'aurore, sans contrainte et sans se perdre. En même temps que le bien-être et le déferlement croissant des sons me transportaient, j'éprouvais un bonheur mêlé de surprise : je savais soudain ce qu'est l'amour. Ce n'était pas un sentiment nouveau, mais seulement de très anciennes intuitions qui se précisaient et prenaient un sens clair, c'était un retour vers une contrée de tout temps familière.

Le premier mouvement était terminé; je n'accordai aux musiciens qu'une minute de repos. En un aimable brouhaha, nous accordâmes doucement nos instruments, un instant je pus apercevoir, derrière les visages attentifs et approbateurs, la tête blonde, le front clair et délicat et la bouche rose, sévère, puis je donnai quelques coups légers sur mon pupitre, et ce fut le second mouvement, qui est assez agréable à entendre. Les musiciens jouaient avec plus de chaleur, la nostalgie croissante de la mélodie s'élevait en volutes tourmentées, s'envolait en arabesques insatisfaites, hésitait et se perdait en plaintes anxieuses. Profond, ardent, le violoncelle reprenait le thème, le soulignait avec insistance, puis le transposait, à son déclin, dans une tonalité nouvelle, plus sombre, où il se dissolvait, désespéré, en notes de basse presque rudes.

Ce second mouvement, c'était ma confession, l'aveu de ma nostalgie, de mon insatisfaction. Le troisième devait apporter la délivrance et la plénitude. Mais je savais, ce soir, qu'il n'en était rien, et je le jouai avec insouciance, comme s'il appartenait au passé. Car, désormais, je croyais savoir comment aurait dû s'exprimer exactement la libération : du tourbillon impétueux des sons devaient jaillir la splendeur, la paix, comme la lumière d'un lourd nuage. Tout cela n'était pas dit dans mon troisième mouvement, il n'était qu'une dispersion apaisante des dissonances accumulées et une tentative de purifier un peu, d'intensifier l'ancienne mélodie fondamentale. Aucun écho, aucun reflet du sentiment qui resplendissait à présent en moi ne s'y trouvait, et j'étais surpris que personne ne s'en aperçût.

Mon trio était achevé. Je fis un signe aux musiciens et posai mon violon. Les lumières se rallumèrent, les invités se levèrent, certains s'approchèrent de moi, m'adressèrent des louanges et des critiques, accompagnées des amabilités d'usage, pour prouver qu'ils s'y connaissaient. Mais aucun ne me reprocha le défaut essentiel de l'œuvre.

On servit du thé, du vin et des petits fours, les hommes envahirent le fumoir. Une heure s'écoula, puis une autre encore. Ce fut au moment où je ne m'y attendais presque plus que Gertrude se trouva enfin près de moi et me tendit la main.

« Cela vous a-t-il plu ? lui demandai-je.

– Oui, c'était beau », fit-elle avec un signe d'approbation. Mais je vis qu'elle ne disait pas toute sa pensée. C'est pourquoi je repris : « Vous voulez parler du second mouvement. Le reste ne vaut rien. »

Elle me jeta alors de nouveau un curieux regard, plein d'une bienveillante sagesse, comme si elle avait été bien plus âgée, et murmura doucement :

« Vous le savez donc vous-même. Le premier mouvement, n'est-ce pas, c'est de la bonne musique. Le second s'élève, s'élargit et dépasse les possibilités du troisième. Il suffisait d'ailleurs de vous regarder jouer pour voir quand vous étiez à votre affaire. »

Il m'était agréable d'apprendre que son regard clair et bon s'était posé sur moi à mon insu. Dès ce premier soir, où nous fîmes connaissance, je pensai qu'il devait être doux et bienfaisant de sentir toute sa vie sur soi un beau et franc regard comme celui-là et qu'il devait alors être impossible de jamais se livrer à de mauvaises actions, d'avoir de mauvaises pensées. A dater de cette soirée, je sus que mon désir d'unité et d'harmonie subtile pouvait être apaisé, et qu'il y avait au monde un être dont le regard et la voix s'accordaient en une profonde pureté avec chaque battement de mon cœur.

Elle perçut, elle aussi, sur-le-champ, l'écho amical et pur qu'elle trouvait en moi et, dès la première heure, elle put me manifester une sereine confiance et me montrer un visage ouvert sans crainte de malentendu et de trahison. Elle m'offrit aussitôt son amitié avec la rapidité et le naturel dont seuls les êtres jeunes et neufs sont capables. Il m'était déjà arrivé de tomber amoureux mais, depuis mon accident, pour être précis, mon sentiment avait toujours été farouche, insatisfait et mal assuré. Et voilà qu'au lieu de l'amourette j'avais rencontré l'amour; il me semblait qu'un léger voile gris était tombé de mes yeux et que l'univers s'offrait à moi sous un jour divin, dans sa lumière originelle, comme il apparaît aux enfants et dans nos visions de paradis, lorsque nous rêvons.

Gertrude n'avait alors guère plus de vingt ans, elle était mince, élancée comme un jeune arbre plein de vigueur. Elle avait traversé sans atteinte la confusion et le trouble de l'adolescence et elle avait obéi à la pureté de sa propre nature comme à une mélodie aux lignes sûres. Mon cœur était envahi par la joie de savoir qu'un être aussi exceptionnel existait en ce monde imparfait, et je ne pouvais envisager d'en faire une captive, de la garder pour moi tout seul. J'étais content de pouvoir participer un peu à sa belle jeunesse et de savoir que désormais, je comptais parmi ses meilleurs amis.

Dans la nuit qui suivit cette soirée, je mis très longtemps à m'endormir. Je n'étais ni fiévreux ni agité, je veillais tout simplement sans chercher le sommeil, car mon printemps avait commencé et après une longue errance nostalgique, après l'hiver, mon cœur savait qu'il suivait la bonne voie. Les pâles reflets de la nuit se répandaient dans ma chambre; tous les buts de la vie et de l'art m'apparaissaient clairement, tout proches, comme des hauteurs éclairées par le fœhn; je retrouvais la mélodie, la secrète harmonie de ma vie que j'avais si souvent et complètement perdue, et j'en remontais le cours, sans nulle interruption, jusqu'au domaine mythique de l'enfance. Et lorsque je voulais retenir cette irréelle limpidité, cette plénitude de mes sentiments et les intensifier, leur donner un nom, c'est celui de Gertrude que je prononçais. Je m'endormis très tard en le murmurant et me levai dès l'aube, frais et plein de vigueur, comme après un très long sommeil.

Je me souvins alors des pensées moroses des derniers temps et de mon orgueil, et je vis ce qui m'avait manqué. Plus rien ne me tourmentait, ne me mettait de mauvaise humeur et ne m'irritait alors. De nouveau, je percevais la grande harmonie et je songeais au chant des sphères dont j'avais rêvé dans ma jeunesse. Mes pas, mes pensées, mon souffle étaient de nouveau rythmés par ma mélodie secrète, la vie avait retrouvé son sens et l'avenir avait des couleurs d'aurore. Personne ne remarqua ces changements car personne n'était assez proche de moi. Seul Teifer, dans son ingénuité, me donna une joyeuse bourrade après la répétition au théâtre et me dit : « Vous avez bien dormi cette nuit, n'est-ce pas? » Je réfléchis et me demandai ce que je pourrais lui dire pour lui faire plaisir. Je l'interrogeai : « Teifer, où irez-vous l'été prochain? » Il se mit à rire, un peu confus, rougit comme une fiancée à laquelle on parle de ses noces, puis me dit : « Grands dieux, c'est encore loin! Mais regardez, j'ai déjà toutes les cartes là-dedans », et il désigna une poche intérieure : « Cette fois-ci nous partirons du lac de Constance : vallée du Rhin, duché de Liechtenstein, Coire, l'Albula, la haute vallée de l'Engadine, le Maloja, Bergell, le lac de Côme. Je ne sais pas encore par où nous reviendrons. »

Il reprit son violon. Ses yeux bleu gris d'enfant me lancèrent encore un rapide regard, rusé, heureux, comme s'ils n'avaient jamais vu la souillure ni la souffrance du monde. Je me sentis fraternellement lié à lui et, de même qu'il se réjouissait de son excursion de plusieurs semaines, de la liberté en plein air, de l'intimité qu'il aurait avec les choses de la nature, je me félicitais des voies nouvelles qui s'ouvraient à moi comme éclairées par un soleil tout neuf, et que j'avais l'intention de parcourir les yeux grands ouverts et le cœur pur.

Lorsque je pense aujourd'hui à cette époque, elle me semble n'appartenir qu'au versant matinal de ma vie. Pourtant un léger reflet de la lumière d'antan éclaire encore ma route. Aujourd'hui, comme alors, je trouve l'apaisement lorsque je prononce le nom de Gertrude, et il m'est doux, lorsque des heures accablantes couvrent mon âme de poussière, de penser à elle, telle qu'elle s'avança vers moi, jadis, dans le salon de musique de son père, légère comme un oiseau, confiante comme un ami.

Je retournai bientôt chez Muoth que j'avais évité de mon mieux depuis la pénible confession de la belle Charlotte. Il s'en était aperçu, et je le savais trop orgueilleux et trop indifférent pour faire le moindre geste. Depuis des mois nous ne nous étions donc pas trouvés seuls ensemble. Comme j'étais plein de confiance en la vie et de bonnes intentions, il me parut indispensable de me rapprocher de l'ami négligé. Pour ce faire, je pris prétexte d'un nouveau *lied* que j'avais composé; je décidai de le lui dédier. Il ressemblait au Chant de l'Avalanche, qu'il aimait beaucoup, et les paroles étaient les suivantes :

*Le soir est descendu, j'ai éteint les flambeaux;*
*Par la fenêtre ouverte la nuit pénètre à flots,*
*M'enlace avec douceur, comme un ami très cher,*
*Comme un tendre frère.*

*La même nostalgie nous blesse tous les deux,*
*Et nos âmes tissent des songes mystérieux,*
*Nous parlons à mi-voix de notre vie, naguère,*
*Auprès de notre père.*

Je les recopiai soigneusement, et j'écrivis au-dessus : « A mon ami Henri Muoth. »

J'allai lui porter le *lied* à une heure où j'étais sûr de le trouver chez lui. Sa voix m'accueillit en effet de loin, il allait et venait d'une pièce à l'autre, en s'exerçant. Il me reçut sans manifester de surprise.

« Tiens, monsieur Kuhn! Je pensais que vous ne viendriez jamais plus.

– Si, lui dis-je, me voilà. Comment allez-vous?

– Comme toujours. C'est gentil d'oser revenir enfin chez moi.

– Oui, j'ai été infidèle ces derniers temps...

– C'était assez visible. Je sais même pourquoi.

– Voilà qui me surprendrait.

– Je le sais. Charlotte est venue vous voir un jour, n'est-ce pas?

– Oui, je ne voulais pas en parler.

– Ce n'est pas nécessaire non plus. Vous revoilà donc.

– Et j'ai apporté quelque chose. »

Je lui tendis le *lied*.

« Oh! une nouvelle chanson! C'est très bien, je craignais déjà que vous ne vous enlisiez dans cette fastidieuse musique de chambre. Mais il y a une dédicace! Pour moi? c'est sérieux? »

Sa joie me surprit, je m'étais plutôt attendu à ce que ma dédicace m'attirât une plaisanterie.

« Bien entendu, cela me fait plaisir, me dit-il sans détour. Cela me fait toujours plaisir que d'honnêtes gens m'estiment, et vous plus que tout autre. En mon for intérieur, je vous avais déjà porté disparu.

– C'est dans vos habitudes?

– Oh! oui, quand on a autant d'amis, ou que l'on en a eu autant que moi... Cela ferait une belle liste. Ceux que j'ai toujours appréciés le plus, c'étaient les gens vertueux, et c'est précisément ceux-là qui se dérobent à mon amitié. On trouve à tout moment des amis parmi les coquins, mais parmi les idéalistes et les gens corrects, c'est plus difficile, lorsque l'on a mauvaise réputation. Actuellement, vous êtes à peu près le seul. Et comme toujours... on préfère ce qu'on a le plus de peine à obtenir. N'en est-il pas de même pour vous? Je n'ai jamais souhaité que des amis, et ce sont les femmes qui me poursuivent.

– C'est en partie votre faute, monsieur Muoth.

– Pourquoi donc?

– Vous traitez volontiers les hommes comme vous traitez les femmes. Ce n'est pas ce qui convient à des amis, c'est pourquoi ils vous fuient. Vous êtes un égoïste.

– Dieu merci, je suis un égoïste. Vous aussi du reste. Lorsque la redoutable Charlotte est venue se plaindre à vous, vous ne l'avez nullement aidée. Vous n'avez pas saisi l'occasion non plus pour me convertir, ce dont je vous suis reconnaissant. Vous avez éprouvé de la répugnance pour cette affaire et vous vous êtes tenu à l'écart.

– Eh bien, me revoilà. Vous avez raison, j'aurais dû m'occuper de Charlotte. Mais je n'entends rien à ces problèmes. Elle s'est elle-même moquée de moi et m'a dit que je ne comprenais rien à l'amour.

– Dans ce cas, tenez-vous-en sagement à l'amitié! C'est un beau domaine aussi. Maintenant, asseyez-vous là et accompagnez-moi, nous allons étudier la chanson. Ah! vous souvenez-vous encore de la première fois?... Vous êtes peu à peu devenu célèbre, me semble-t-il.

– C'est un début. Je ne peux, de toute façon, rivaliser avec vous.

– Sottise que cela. Vous êtes un compositeur, un créateur, vous êtes l'égal du bon Dieu. Que vous importe la célébrité? Vous l'aurez, de surcroît. Nous, nous devons nous hâter si nous voulons réussir. Chanteurs ou acrobates, nous sommes semblables aux femmes, il nous faut profiter du succès, de la célébrité, autant que l'on peut en obtenir, et de l'argent, et des femmes, et du champagne, des photographies dans les revues, des couronnes de laurier. Car, voyez-vous, il suffit que je déplaise, ou que j'aie la moindre pneumonie, pour que tout ce tapage se dissipe.

– Oh! vous n'avez rien à craindre.

– Vous savez, au fond, je suis diablement curieux de voir comment je vieillirai. Toute la jeunesse n'est qu'une tricherie, une vraie tricherie, à l'usage des journaux et des anthologies! Le plus bel âge de la vie! On le prend bien au sérieux; les gens âgés me paraissent toujours plus satisfaits. La jeunesse est la période la plus difficile. Les suicides, par exemple, n'ont presque jamais lieu à un âge plus avancé. »

Je me mis à jouer, il comprit vite la mélodie et, à un passage très important de mineur en majeur, il me manifesta son approbation d'un coup de coude.

Le soir, je trouvai chez moi une enveloppe de M. Imthor contenant quelques lignes aimables accompagnées, comme je le craignais, d'une somme plus qu'honnête. Je la renvoyai en écrivant que j'avais assez d'argent et que, de plus, je préférais pouvoir établir avec lui des relations d'amitié. Quand je le revis, il m'invita à revenir et me dit : « Je pensais bien qu'il en serait ainsi. Gertrude estimait que je ferais mieux de ne rien vous envoyer, mais j'ai voulu essayer tout de même. »

Dès lors, mes visites furent très fréquentes. A de nombreux concerts donnés chez Imthor, je tins la partie du premier violon, j'y apportai toutes les nouveautés musicales, les miennes comme celles d'autrui, et la plupart de mes petites œuvres y furent jouées en première audition.

Un après-midi de printemps, je trouvai Gertrude seule chez elle avec une amie. Il pleuvait, j'avais glissé sur le perron, elle ne voulut pas me laisser repartir. Nous parlâmes musique. Presque involontairement, j'évoquai la période des Grisons en particulier, durant laquelle j'avais composé mes premiers *lieder.* Puis je me sentis embarrassé et je me demandai si ma confession à ces jeunes filles avait été opportune. Gertrude me dit alors, presque avec réticence :

« Je dois vous avouer quelque chose, mais il ne faut pas m'en vouloir. J'ai recopié deux de vos *lieder* pour moi et je les ai appris.

– Ah! vous chantez donc? » m'écriai-je, surpris.

En même temps, je me souvins, avec un peu d'amusement, de l'histoire de mon tout premier amour, de la jeune fille qui avait si mal chanté.

Gertrude sourit gaiement et baissa la tête :

« Oh! oui, je chante, même si ce n'est que pour moi et quelques amis. Je vais vous chanter les *lieder,* si vous voulez m'accompagner. »

Elle me donna la partition recopiée de son élégante écriture de femme. Je commençai à jouer très bas, pour bien entendre Gertrude. Elle chanta un *lied,* puis l'autre; j'étais assis, j'écoutais, ma musique était transformée comme par magie. Elle chanta d'une voix haute, légère comme celle d'un oiseau, merveilleuse; c'était ce que j'avais, de toute ma vie, entendu de plus beau. Sa voix me pénétrait comme les tourbillons du vent du sud s'engouffrant dans une vallée enneigée, chaque note faisait tomber un voile de mon cœur, et cependant qu'il me semblait être transporté de félicité, il me fallait lutter, me dominer, car les larmes me montaient aux yeux et m'empêchaient de lire les notes.

J'avais certes cru savoir ce qu'était l'amour, je m'étais imaginé que j'étais un sage et, ainsi consolé, j'avais jeté un regard neuf sur le monde, et je m'étais senti plus proche de la vie, j'y avais pris une part plus profonde. Tout changeait : à la clarté, à la consolation, à la sérénité succédaient tempête et ardeur, mon cœur empli d'allégresse s'abandonnait en frémissant, ne voulait plus rien savoir de la vie mais seulement se consumer à sa propre flamme. Si l'on m'avait demandé à ce moment-là ce qu'était vraiment l'amour, j'aurais cru bien le savoir et j'aurais pu le dire.

La voix légère, sublime, de Gertrude s'élevait très haut, elle semblait m'appeler gaiement, ne vouloir que ma joie, et s'enfuyait pourtant à une hauteur inaccessible et presque inconnue.

Hélas! je savais maintenant ce qu'il en était. Elle pouvait chanter, se montrer aimable, être pleine de bonnes intentions à mon égard, ce n'était pas là ce que je désirais. Si elle ne m'appartenait pas entièrement et pour toujours, à moi seul, ma vie était vaine; ma bonté et ma tendresse, tout ce qui était au plus profond de mon être n'avaient plus de sens.

Je sentis alors une main sur mon épaule, je sursautai, me retournai et regardai Gertrude droit dans les yeux. Son regard clair était grave, et ce ne fut que lentement, comme je la fixais, qu'elle se mit à sourire et à rougir.

Je ne pus que dire merci. Elle ne savait ce qui m'arrivait, elle en avait simplement l'intuition et comprenait que j'étais bouleversé. Avec ménagements, elle fit renaître la gaieté et la franchise de l'entretien. Mais je partis bientôt.

Je ne rentrai pas chez moi, je ne savais pas s'il pleuvait encore. Appuyé sur ma canne, je parcourais les rues, mais ce n'était pas de la marche, et les rues n'étaient pas des rues. J'avançais sur d'orageux nuages à travers un ciel ondoyant, tumultueux, je parlais à la tempête, j'étais moi-même la tempête et j'entendais, très loin à l'infini, des sons fascinants : c'était une voix de femme, claire, haute, légère comme celle d'un oiseau, qui semblait tout ignorer des pensées humaines, des tourmentes, et porter cependant en germe toutes les passions, toute leur dévorante douceur.

Je passai la soirée assis dans l'obscurité de ma chambre. Lorsque je n'y tins plus, il était alors déjà tard, je partis chez Muoth, mais il n'y avait pas de lumière à ses fenêtres et je revins. Je marchai longtemps dans la nuit et, à la fin, fatigué, arraché à mes rêves, je me trouvai devant le jardin d'Imthor. Les vieux arbres y murmuraient avec solennité autour de la maison bien cachée d'où ne filtraient pas un son, pas un rais de lumière. Entre les nuages apparaissaient et s'éclipsaient de pâles étoiles.

J'attendis quelques jours avant d'oser retourner chez Gertrude. A cette époque, je reçus une lettre du poète dont j'avais mis les vers en musique. Depuis deux ans, une correspondance espacée s'était établie entre nous, je lui envoyais mes œuvres et lui ses poèmes. Voici ce qu'il m'écrivait :

« Cher Monsieur,

« Il y a longtemps que vous n'avez plus reçu de nouvelles de moi. J'ai bien travaillé. Depuis que j'ai votre musique et que je la comprends, je songe à des paroles pour vous, mais sans pouvoir leur donner forme. J'y suis enfin parvenu, c'est presque chose faite; il s'agit d'un livret d'opéra, et il faut que vous le composiez. Vous ne pouvez être un homme très heureux, c'est écrit dans votre musique. Quant à moi, n'en parlons pas; mais c'est là un livret pour vous. Puisque nous n'avons rien de plus agréable à espérer par ailleurs, nous allons jouer à nos contemporains quelques jolies œuvres qui feront comprendre pour un instant aux êtres frustes que la vie ne se limite pas à la surface. Comme nous ne savons pas exactement que faire de nous-même, nous sommes livrés à l'envie de soumettre les autres à nos forces inutiles.

« Votre Jean H. »

Ce fut l'étincelle qui mit le feu aux poudres. Je lui écrivis pour demander les paroles, mais j'étais si impatient que je déchirai la lettre et télégraphiai. Le manuscrit arriva une semaine plus tard; c'était la simple histoire en vers d'un amour ardent; il y avait encore des imperfections, mais pour le moment cela me suffisait bien. Je lus les vers, ils ne me sortirent plus de l'esprit, je les chantais, je les jouais au violon de jour et de nuit, et je courus bientôt chez Gertrude.

« Vous devez m'aider, m'écriai-je. Je fais un opéra. Voilà trois passages composés pour votre voix. Voulez-vous les regarder et puis me les chanter bientôt? »

Elle se réjouit, elle voulut que je lui raconte, elle feuilleta les notes et promit de les apprendre rapidement. Ce fut le début d'une période d'ardente plénitude; éperdu d'amour, grisé de musique, je ne me souciais de rien d'autre et Gertrude était la seule qui connût mon secret. Je lui apportais la musique qu'elle apprenait et me chantait; je l'interrogeais, je lui jouais tout, elle s'enthousiasmait comme moi, me donnait des conseils et m'aidait. Elle prenait à ce secret et à cette œuvre naissante, qui nous appartenait à tous deux, une joie rayonnante. Il n'y avait d'indication et d'ébauche qu'elle ne comprît et acceptât aussitôt et, à la fin, elle m'aida elle-même de sa fine écriture à recopier la musique. J'avais demandé un congé de maladie au théâtre.

Il n'y avait pas la moindre contrainte entre Gertrude et moi, le même courant nous emportait, nous travaillions à la même œuvre; c'était pour elle, comme pour moi, l'épanouissement des forces qui s'étaient développées au cours de notre jeunesse et étaient parvenues à maturité, c'était le bonheur, l'enchantement, et ma passion y mêlait sa flamme de façon indiscernable. Elle ne faisait pas de différence entre mon œuvre et moi, elle nous aimait et nous appartenait, et moi aussi, je ne pouvais plus séparer amour et travail, musique et vie. Parfois je contemplais cette belle jeune fille avec étonnement et admiration, et elle me rendait mon regard, et lorsque j'arrivais ou repartais, elle serrait ma main avec plus de chaleur et de force que je n'osais serrer la sienne. Par ces tièdes journées de printemps, lorsque je m'avançais à travers le jardin et entrais dans la vieille maison je ne savais plus ce qui me stimulait et m'élevait : mon œuvre ou mon amour?

De telles périodes ne durent guère. La fin du travail approchait, je brûlais d'un amour dont la flamme était inquiète. Un soir, j'étais assis au piano et Gertrude chantait le dernier acte de mon opéra, dont le rôle de soprano était déjà terminé. Sa voix était merveilleuse, je pensais à ces jours de ferveur dont je sentais déjà pâlir l'éclat tandis que Gertrude était encore enveloppée de leur splendeur; je pressentais des jours moins fervents. Elle me sourit alors, se pencha vers moi pour lire la musique, remarqua la tristesse que trahissaient mes yeux et me regarda d'un air interrogateur. Je ne dis mot, je me levai, je pris avec douceur son visage entre mes mains, j'embrassai son front et ses lèvres et je me rassis. Son attitude calme avait donné à cette scène un caractère presque solennel, elle n'avait paru ni déconcertée ni indignée et, voyant mes yeux emplis de larmes, elle caressa de sa main légère et apaisante mes cheveux, mon front et mon épaule.

Je me remis alors à jouer, elle chanta, et il ne fut jamais plus question du baiser, de cet instant étrange, dernier secret que nous ne devions pas oublier et qui nous fut propre avant la période qui allait s'ouvrir.

Le reste, en effet, ne pouvait plus rester longtemps notre bien commun : l'opéra exigeait désormais des concours extérieurs. Le premier devait être Muoth, car c'est à lui que j'avais pensé pour le rôle principal qui correspondait tout à fait à sa façon de chanter et à sa nature par la fougue et l'âpre passion. Pourtant, j'hésitais encore un peu. Mon œuvre était toujours un lien entre Gertrude et moi, elle lui appartenait comme à moi, avec ses joies et ses tourments.

Elle posa elle-même la question lorsqu'elle sentit et remarqua qu'elle ne pouvait plus m'aider.

« Qui chantera le rôle principal? demanda-t-elle.

– Henri Muoth. »

Elle parut étonnée :

« Oh! est-ce sérieux? s'écria-t-elle. Je ne l'aime pas.

– C'est mon ami, mademoiselle Gertrude. Et le rôle lui convient.

– Oui. »

Déjà il y avait un tiers entre nous.

JE n'avais pas pensé au goût de Muoth pour les vacances et les voyages. Mon projet d'opéra lui plut, il m'assura de tout son appui, mais il était déjà absorbé par un itinéraire d'été et il put seulement me promettre d'examiner son rôle avant l'automne. Je recopiai pour lui ce qui était terminé. Il l'emporta et, suivant son habitude, il ne donna pas signe de vie pendant de longs mois.

Nous avions ainsi obtenu un délai. Une bonne camaraderie s'était établie entre Gertrude et moi. Je crois que, depuis la scène du piano, elle savait exactement quel était mon sentiment, mais elle n'en parlait pas, et son attitude à mon égard n'avait pas changé. Elle n'aimait pas seulement ma musique, elle m'aimait bien aussi, et elle sentait, comme moi, qu'un accord régnait entre nous, que chacun de nous comprenait l'autre par intuition et l'approuvait. Une amitié équilibrée, mais exempte de passion, la rapprochait ainsi de moi. Pour le moment, je m'en contentais et je coulais des jours paisibles et reconnaissants en sa compagnie. Pourtant, ma passion couvait et connaissait de brusques réveils. Toutes les attentions qu'elle me prodiguait n'étaient plus alors que des aumônes, et je m'apercevais avec désespoir que les déchaînements d'amour et de désir qui me bouleversaient lui étaient étrangers. Souvent, je voulais à toute force me faire illusion et je cherchais à me persuader que cette indifférence venait de son tempérament égal, tranquille et gai. Mais je savais par intuition que c'était faux. Je connaissais assez Gertrude pour savoir qu'en elle aussi l'amour devait déchaîner orages et périls. J'y ai souvent réfléchi, et je crois que si j'avais voulu, à cette époque, la conquérir de haute lutte, elle m'aurait suivi et accompagné pour toujours. Mais je ne me fiais pas à son enjouement, et j'attribuais à une humiliante pitié la tendresse et l'affection qu'elle me témoignait. Je ne pouvais me défaire de la pensée que si elle eût aimé comme elle m'aimait un autre homme, sans infirmité, physiquement beau, cette paisible amitié ne se serait pas prolongée aussi longtemps. Venaient alors des heures où j'aurais cédé toute ma musique et toute ma richesse intérieure pour une jambe valide et une allure dégagée.

A cette époque, je me rapprochai de nouveau de Teifer. Il m'était indispensable pour mon travail et il fut donc, à son tour, initié à mon secret. Il connut le livret et le plan de mon opéra. Il les emportait chez lui, avec gravité. Quand il revenait, son visage enfantin, entouré d'une barbe blonde, était rouge de plaisir et de passion musicale.

« Ce sera un succès, votre opéra! s'écriait-il avec enthousiasme. Je sens déjà l'ouverture au bout de mes doigts! Maintenant, nous allons boire un bon verre, mon bonhomme, et si ce n'était prétentieux de ma part, je vous proposerais de sceller notre amitié. Mais je ne veux pas vous imposer mon souhait. »

J'acceptai volontiers et la soirée fut très gaie. Pour la première fois, Teifer m'emmena chez lui. Depuis peu, il avait recueilli sa sœur, Brigitte, restée seule après la mort de leur mère, et il ne trouvait pas assez de mots pour dire combien il se sentait à l'aise dans son nouveau ménage, après de longues années de vie de garçon. Brigitte était une jeune fille candide, joyeuse, simple, aux bons yeux aussi clairs, enfantins et francs que ceux de son frère. Elle nous apporta des gâteaux, du vin autrichien vert clair, et un coffret de longs cigares de Virginie. Nous bûmes le premier verre à sa santé, et le second scella mon amitié avec Teifer. Profondément heureux, il allait et venait dans la petite pièce, s'asseyait tantôt au piano, tantôt sur le canapé, avec sa guitare, tantôt sur le coin de la table, avec son violon, et il jouait toutes les belles œuvres qui lui passaient par la tête; il chantait, ses yeux lançaient des éclairs de joie. Tout était en mon honneur et à la gloire de mon opéra. Sa sœur avait les mêmes goûts que lui et ne jurait pas moins par Mozart : des airs de *La Flûte enchantée* et des extraits de *Don Juan* emplissaient le petit appartement de leur éclat, interrompus par le violon, le piano ou la guitare. Parfois Teifer les accompagnait en sifflant avec une pureté sans défaut.

Pendant le bref festival d'été, je continuai de tenir mon emploi dans l'orchestre, mais j'avais demandé mon congé pour l'automne, car je pensais me consacrer alors à mon travail personnel. Le chef d'orchestre, que mon départ irritait, en vint à me traiter de la façon la plus désagréable, mais Teifer m'aida gentiment à résister et à en rire.

Avec ce fidèle, je travaillais à l'instrumentation de mon opéra; il respectait mon inspiration mais il s'opposait avec rigueur à la moindre faute d'orchestration. Souvent, il était pris de colère et me sermonnait jusqu'à ce que je modifie un passage douteux auquel je tenais avec acharnement. Il avait toujours des exemples à me proposer lorsque j'hésitais. S'il m'arrivait de refuser un trait audacieux, il accourait, preuves à l'appui, et me démontrait ce que Mozart ou Lortzing auraient fait en pareil cas; il qualifiait mon hésitation de lâcheté ou mon entêtement de sottise. Quand ces vociférations, ces combats et ce tapage se passaient dans son appartement, Brigitte nous écoutait attentivement, allait et venait avec du vin et des cigares, et lissait avec pitié et soin mainte partition froissée. Son admiration pour moi égalait son amour pour son frère; à ses yeux j'étais un maître. Tous les dimanches, je devais déjeuner chez les Teifer et ensuite, s'il y avait la moindre écharpe de ciel bleu, nous prenions le tramway pour aller dans les environs. Nous nous promenions sur les collines, dans les forêts, nous bavardions et chantions et le frère, comme la sœur, entonnaient les tyroliennes qui leur étaient familières.

Au cours d'une de ces excursions, nous arrivâmes pour le goûter à une auberge de village, d'où, par les fenêtres ouvertes, nous parvenait l'allégresse de danses campagnardes. Après que nous eûmes mangé, comme nous nous reposions dans le jardin, assis devant une cruche de cidre doux, Brigitte s'éclipsa vers la maison, où elle entra, après quoi nous la vîmes passer en dansant derrière la fenêtre, fraîche et éclatante comme un matin d'été. A son retour, Teifer la menaça du doigt, et lui dit qu'elle aurait bien pu l'inviter. Elle rougit alors, se troubla, lui fit un signe de dénégation et me regarda.

« Qu'y a-t-il? lui demanda son frère.

– Laisse donc », répliqua-t-elle seulement.

Par hasard je vis que d'un regard elle attirait son attention sur moi.

« Ah! oui », dit Teifer.

La gêne de Brigitte me parut singulière. Pour la première fois, je pensai que les promenades de mes amis auraient été beaucoup plus rapides, plus longues et bien différentes sans ma compagnie qui ralentissait leur marche; dès lors, je ne me joignis plus que rarement à leurs excursions dominicales.

Après avoir étudié le rôle de soprano, Gertrude avait bien remarqué qu'il m'était pénible de renoncer à mes fréquentes visites chez elle et à nos confiantes réunions autour du piano, qu'il me répugnait pourtant d'inventer des prétextes pour qu'elles continuent. Elle me surprit alors en me proposant de l'accompagner régulièrement quand elle chantait, et désormais je vins chez elle deux ou trois après-midi par semaine. Son père voyait notre amitié d'un bon œil; du reste, comme elle avait perdu sa mère très tôt et tenait le rôle de maîtresse de maison, il lui accordait ce qu'elle voulait.

La nature resplendissait d'un éclat estival, les fleurs et le chant des oiseaux entouraient de toutes parts la paisible maison. Lorsque je pénétrais dans le jardin, entre les vieilles statues sombres de l'allée, et que je m'approchais de la maison noyée de verdure, il me semblait toujours que j'entrais dans un sanctuaire où les bruits du monde ne parvenaient qu'assourdis. Dans les buissons en fleurs, devant les fenêtres, les abeilles bourdonnaient, les rayons du soleil et les ombres légères du feuillage tombaient dans la pièce, et j'étais assis au piano, j'écoutais Gertrude, je suivais avec attention sa voix qui s'envolait avec légèreté et planait sans effort, et lorsque à la fin d'une mélodie nous nous regardions et souriions, c'était en parfait accord, avec confiance, comme frère et sœur. Il me semblait alors parfois que je n'avais qu'à allonger la main pour saisir doucement mon bonheur, pour le garder toujours, et pourtant je ne le fis jamais, car je voulais attendre qu'un jour elle manifestât, elle aussi, un peu de désir. Gertrude semblait éprouver une parfaite satisfaction et ne rien souhaiter d'autre. J'avais même parfois l'impression qu'elle me priait secrètement de ne pas rompre notre entente tacite, de ne pas troubler notre printemps.

Si j'en étais déçu, je me consolais en voyant combien elle était sensible à ma musique, comme elle me comprenait et en était fière.

Cela dura jusqu'au mois de juin, puis Gertrude partit avec son père en montagne. Je restai en ville et, lorsque je passais devant sa maison déserte, ma peine renaissait, augmentait et me poursuivait bien avant dans la nuit.

Souvent alors, j'allais passer la soirée chez les Teifer. J'avais presque toujours de la musique dans ma poche, je participais à leur vie sereine, je buvais du vin autrichien et je jouais du Mozart avec eux. Rentrant dans la nuit tiède, je regardais les couples d'amoureux se promener dans les parcs. Je m'allongeais sur mon lit, las, mais sans trouver le sommeil. Je n'arrivais plus à comprendre comment j'avais pu avoir une attitude si fraternelle en présence de Gertrude, pourquoi je n'avais pas rompu ce charme-là et pour quelle raison je ne l'avais pas conquise. Je la voyais dans sa robe bleu clair, joyeuse ou grave, j'entendais sa voix, et je me demandais comment j'avais pu l'écouter sans donner libre cours à ma flamme et prétendre à sa main. Grisé et fiévreux, je me levais, j'allumais la lumière et je me lançais dans le travail; les voix humaines et les instruments exprimaient ma recherche; mes supplications, mes menaces reprenaient le chant de ma nostalgie en mélodies fiévreuses. Souvent aussi cette consolation me fuyait, je restais allongé, plein d'égarement. De façon incohérente, insensée, je répétais son nom, Gertrude, je rejetais toute consolation, tout espoir et je m'abandonnais, désespéré, à l'atroce impuissance du désir. J'en appelais à Dieu, je lui demandais pourquoi il m'avait créé tel que j'étais, pourquoi il m'avait estropié, et pourquoi, au lieu du bonheur qui est à la portée de tous, il ne m'avait donné que l'inhumaine consolation de déchaîner des sons et de toujours représenter l'inaccessible à mon désir en des fantaisies sonores sans réalité.

Certains jours, je parvenais à mieux dominer ma passion. Je serrais alors les dents, je me mettais de bonne heure à mon travail, je m'imposais le calme par de longues promenades et le courage par des douches glacées, et le soir, devant les ombres menaçantes de la nuit, je me réfugiais dans la sereine compagnie des Teifer, où je trouvais pour quelques heures le calme, parfois même le bien-être. Teifer voyait bien que je souffrais, que j'étais malade, mais il pensait que c'était du surmenage et me conseillait de me ménager, bien qu'il fût lui-même très enthousiaste et qu'il suivît les progrès de mon opéra avec autant d'énervement et d'impatience que moi. Quelquefois aussi j'allais le chercher, pour l'avoir tout seul, et je passais la soirée avec lui dans un frais jardin d'auberge, où les amoureux et le bleu de la nuit, les lampions et les feux d'artifice, les effluves de désir qui traversent toujours les nuits d'été citadines, me mettaient pourtant mal à l'aise.

Ce fut encore pire lorsque Teifer partit lui aussi pour passer avec Brigitte ses vacances en montagne. Il m'invita à les accompagner, et c'était sincère, bien que ma lenteur eût gâché sa joie. Je ne pouvais accepter. Je restai deux semaines seul en ville, en proie à l'insomnie, exténué, et le travail n'avançait plus.

C'est alors que Gertrude m'envoya, d'un village du Valais, une petite boîte de rhododendrons. Lorsque je vis son écriture et déballai les fleurs brunies et fanées, il me sembla sentir son cher regard se poser sur moi, et j'eus honte de mes emportements et de ma défiance. Je me rendis compte qu'il valait mieux l'informer de mon état et, le lendemain matin, je lui écrivis une courte lettre. J'y racontais, presque sur le ton de la plaisanterie, que je ne pouvais plus dormir, et que c'était par ferveur pour elle; que je ne pouvais plus accepter son amitié, parce que j'éprouvais de l'amour. En écrivant, ma passion m'envahit de nouveau et la lettre, commencée sur un ton calme et à demi amusé, se termina par des déclarations enflammées.

Presque tous les jours, le courrier m'apportait des cartes postales des Teifer qui ne pouvaient soupçonner la déception qu'elles me causaient puisque j'attendais un autre courrier, écrit d'une autre main.

Enfin, je reçus, sous une enveloppe grise portant l'écriture légère et claire de Gertrude, la lettre suivante :

« Cher ami,

« Votre lettre me met dans l'embarras. Je vois que vous souffrez, que vous traversez une période pénible, ce qui m'empêche de vous gronder pour m'avoir ainsi prise au dépourvu. Vous savez quelle affection je vous porte; mais ma situation actuelle m'est agréable, je n'ai encore aucune envie d'en changer. Si je risquais de vous perdre, je ferais tout pour vous retenir. Mais je ne peux répondre à votre lettre enflammée. Prenez patience, restons-en là jusqu'à ce que nous puissions nous revoir et parler ensemble. Tout sera alors plus facile.

« Amicalement,

« Gertrude. »

Cette lettre ne changeait rien, et pourtant elle me fit du bien. C'était tout de même un geste. Gertrude admettait, acceptait mes déclarations, elle ne m'avait pas repoussé. Sa lettre m'apportait aussi un peu de sa présence, de sa limpidité presque froide, et au lieu de l'image que ma nostalgie s'était forgée d'elle, c'était elle-même qui s'imposait à mon esprit. Son regard exigeait ma confiance, je le sentais proche et, aussitôt, la honte et la fierté s'éveillèrent en moi et m'aidèrent à triompher d'une dévorante langueur, à refréner les brûlants désirs. Je n'étais pas consolé, mais plus fort, plus apte à me défendre. Je m'installai, avec mon travail, dans l'auberge d'un village situé aux environs de la ville. J'y passai de nombreuses heures à l'ombre d'un berceau de lilas déjà fanés; je réfléchissais à ma vie, elle me surprenait. Que ma route était solitaire! J'avançais en étranger sans savoir vers quel but. Nulle part, je n'étais enraciné, nulle part, je n'avais droit de cité. Mes relations avec mes parents étaient très superficielles, limitées à des lettres courtoises; j'avais abandonné mon métier afin de poursuivre de dangereuses fantaisies créatrices, qui ne me satisfaisaient pourtant pas. Mes amis ne me connaissaient pas, Gertrude était le seul être auprès duquel je trouvais une parfaite compréhension et une entière harmonie. Et mon travail, ma raison de vivre, qu'était-ce sinon la poursuite d'ombres, l'édification de châteaux en Espagne! Amonceler des sons et jouer avec émotion de constructions fantastiques pouvant, tout au plus, procurer quelques heures agréables à autrui, cela avait-il réellement un sens, cela pouvait-il justifier et combler une vie?

Je travaillais pourtant de nouveau avec une certaine application et, au cours de l'été, la structure intérieure de mon opéra fut achevée, bien qu'il manquât encore beaucoup d'éléments extérieurs et qu'une petite partie seulement en fût rédigée. Parfois, j'étais envahi, comme avant, d'une joie sans mélange et je songeais avec orgueil au pouvoir que mon œuvre exercerait sur les hommes; aux chanteurs et musiciens, chef d'orchestre et chœurs qui devraient se soumettre à ma volonté, et à l'influence qu'elle aurait sur des milliers d'êtres. A d'autres moments, il me semblait inquiétant et fantastique que toutes ces forces soient issues des rêveries d'un pauvre homme solitaire, objet de la pitié générale. Parfois encore, je perdais courage et j'estimais que mon opéra ne pourrait jamais être représenté, que tout était faux et exagéré. Mais c'était rare. Au fond, j'étais persuadé que mon œuvre était pleine de vie et de force. Elle était aussi ardente que sincère, elle était vécue, parcourue d'un sang généreux, et même si, maintenant, je ne peux plus l'écouter et si j'écris de la musique bien différente, cet opéra n'en est pas moins toute ma jeunesse. Lorsque j'en entends quelques mesures, j'ai l'impression que des rafales tièdes et printanières viennent m'effleurer du fond des vallées abandonnées de la jeunesse et de la passion. Et quand je pense que toute l'ardeur et la puissance que cette œuvre exerce sur les cœurs sont nées de la faiblesse, de la privation, de la nostalgie, je ne sais plus si ma vie à cette époque, et même encore à présent, m'est chère ou m'inspire des regrets.

L'été se mourait. Je terminai l'ouverture au cours d'une nuit coupée d'averses violentes, lourdes de passion et de sanglots. Le matin, la pluie était devenue fraîche et douce, le ciel uniformément gris et le jardin baigné d'automne. Je fis mes bagages et je revins en ville.

De tous mes amis, seuls Teifer et sa sœur étaient de

retour. Ils avaient tous deux une mine splendide, hâlée. Ils avaient eu un nombre étonnant d'aventures pendant leurs excursions et, pourtant, ils manifestaient beaucoup d'intérêt aux progrès de l'opéra. Nous jouâmes l'ouverture, et moi-même je trouvai presque l'instant solennel, lorsque Teifer mit la main sur mon épaule et dit à sa sœur : « Brigitte, regarde-le, c'est un grand compositeur. »

Malgré toute ma nostalgie et mon agitation, j'attendais l'arrivée de Gertrude avec confiance. Je pouvais lui montrer des résultats satisfaisants, et je savais qu'elle comprenait et appréciait mon œuvre comme si elle lui eût été propre. C'était le retour de Henri Muoth que j'attendais avec le plus d'impatience, car son aide m'était indispensable, et depuis des mois il ne m'avait plus donné la moindre nouvelle.

Il apparut enfin, avant même le retour de Gertrude, et un matin il entra dans ma chambre. Il me dévisagea longuement.

« Vous avez une mine épouvantable, dit-il en secouant la tête. Evidemment, quand on écrit de pareilles choses!

– Avez-vous jeté un coup d'œil sur votre rôle?

– Jeté un coup d'œil? Je le sais par cœur, et je le chanterai dès que vous le voudrez. C'est une diable de musique!

– Vous croyez?

– Vous verrez. Votre bon temps est passé, attendez un peu! Après la première représentation de l'opéra, c'en sera fini de la célébrité de quartier. Mais c'est votre affaire. Quand allons-nous chanter? J'aurais tout de même quelques remarques à faire. Où en êtes-vous de l'ensemble? »

Je lui montrai ce que je pouvais montrer, et il m'emmena tout de suite chez lui. J'entendis alors pour la première fois chanter ce rôle pour lequel, à travers ma propre passion, j'avais toujours pensé à lui, et je sentis la puissance de ma musique et de sa voix. Ce fut seulement à ce moment-là que je pus voir par la pensée l'ensemble sur scène, ma propre flamme m'enveloppait et me réchauffait; mon opéra ne m'appartenait plus, il n'était plus mien, il avait sa vie propre et agissait sur moi comme une force étrangère. Pour la première fois, je percevais ce détachement de l'œuvre par rapport à son créateur auquel je n'avais pas vraiment cru jusqu'alors. Mon œuvre se dressait devant moi, commençait de s'animer, de prendre vie, alors que peu auparavant elle était encore en mon pouvoir. Elle jetait sur moi un regard de l'extérieur et pourtant elle portait mon nom et mon sceau sur son front. Lors des premières représentations, j'éprouvai de nouveau cette sensation de dédoublement parfois effrayante.

Muoth avait bien appris le rôle, et je pouvais aisément lui concéder les changements qu'il souhaitait. Il s'enquit alors avec curiosité du rôle du soprano, qu'il ne connaissait qu'à moitié, et il voulait savoir si une cantatrice me l'avait déjà chanté entièrement. Pour la première fois, je dus lui parler de Gertrude, et je réussis à le faire avec calme et sans que son attention fût mise en éveil. Ce nom lui était bien connu, mais il n'avait jamais été invité chez Imthor et il fut étonné d'apprendre que Gertrude avait étudié le rôle et pouvait le chanter.

« Il faut qu'elle ait une belle voix, très haute et légère, dit-il en connaisseur. Voudriez-vous m'introduire un jour chez Imthor ?

– De toute façon, je vous l'aurais proposé. Je voudrais vous entendre chanter avec Mlle Imthor. Un travail de mise au point sera nécessaire. Dès qu'elle sera rentrée, je demanderai un rendez-vous pour vous et moi.

– Vous avez de la chance, Kuhn. Et pour l'orchestration, Teifer vous aide. Vous verrez, ce sera un triomphe. »

Je ne répondis pas, je ne me souciais pas de l'avenir et du sort de mon opéra, il fallait d'abord le terminer.

Cependant, depuis que je l'avais entendu, je croyais en son pouvoir.

Teifer, à qui j'en parlai, me dit d'un ton irrité :

« Mais oui, ce sera un triomphe. Ce Muoth a une force terrible. Seulement, il a tendance à tout gâcher. Peu lui importe la musique, il ne s'intéresse qu'à lui-même. C'est un casse-cou, dans tous les domaines. »

Le jour d'automne où je gagnai la maison d'Imthor pour rendre visite à Gertrude enfin revenue, mon cœur plein d'angoisse battait à grands coups. Mais elle, plus belle, plus droite encore et un peu hâlée, vint au-devant de moi en souriant, me donna la main, me charma aussitôt par sa voix que j'aimais, son regard clair et toute son attitude noble et naturelle, si bien que j'éloignai avec bonheur mes soucis et mes désirs. Elle ne chercha pas à rompre ce charme et, comme je ne trouvais aucun moyen de parler de ma lettre et de ma prière, elle les passa, elle aussi, sous silence. Rien, dans sa conduite, ne me signifia que notre camaraderie était troublée ou menacée. Elle n'essaya pas de se dérober, resta seule avec moi, car elle me faisait confiance, pensant que je respecterais sa volonté, et que je ne renouvellerais pas ma déclaration avant qu'elle m'y autorisât elle-même. Sans plus tarder, nous étudiâmes ce que j'avais écrit pendant l'été et je lui dis que Muoth avait son rôle et l'appréciait. Je la priai de me permettre de l'amener un jour, puisqu'il était indispensable que les deux rôles principaux fussent répétés ensemble. Elle accepta.

« Ce n'est pas de très bon gré, dit-elle, vous le savez bien. Je ne chante jamais devant des étrangers et, devant M. Muoth, cela m'est doublement désagréable, non pas seulement parce qu'il est un chanteur célèbre, mais aussi parce qu'il y a quelque chose en lui que je redoute, à la scène du moins. Enfin, nous verrons, je m'y ferai tout de même. »

Je n'osai défendre mon ami ni en faire l'éloge, pour ne pas effaroucher Gertrude davantage. J'étais persuadé qu'après un premier essai elle continuerait très volontiers à chanter avec lui.

Quelques jours plus tard, j'arrivai en voiture avec Muoth. Le maître de maison nous attendait et nous reçut avec une extrême courtoisie, mais non sans froideur. Il ne s'était jamais le moins du monde opposé à mes fréquentes visites et à mon intimité avec Gertrude; il aurait souri si quelqu'un avait attiré son attention à ce propos, mais il ne lui plaisait pas que Muoth se joignît à nous. Le chanteur était très élégant et correct, ce qui surprit agréablement M. Imthor et sa fille. Décrié en raison de son cynisme et de son arrogance, Muoth savait aussi se conduire en homme de bonne compagnie, sans vanité ni forfanterie.

« Voulez-vous que nous chantions? » demanda Gertrude après un moment, et nous nous levâmes pour passer dans le salon de musique. Je m'assis au piano, j'esquissai le prélude, la première scène, je donnai des explications, je priai ensuite Gertrude de commencer. Ce qu'elle fit avec retenue et prudence. Muoth par contre, son tour venu, chanta à pleine voix. Il nous entraîna et nous plongea rapidement, Gertrude et moi, au cœur de la musique. Muoth, qui dans la haute société, avait coutume d'être réservé avec les dames, se mit à observer Gertrude avec attention, suivit son chant avec intérêt et lui exprima son admiration comme à une collègue, en termes cordiaux et mesurés.

Dès lors, toute gêne disparut, la musique fit naître entre nous l'entente et l'amitié. Mon œuvre, encore incohérente, prit forme, se développa et se présenta à moi dans son ensemble. Je savais que l'essentiel était fait, que l'on ne pouvait plus rien gâcher d'important, et cela me semblait exquis. Je ne cachai pas ma joie; je remerciai mes deux amis avec émotion. Lorsque nous partîmes, nous étions à la fois gais et sérieux. Henri Muoth m'emmena dans un restaurant pour un festin improvisé. Après avoir commandé du champagne, il fit ce qu'il n'avait pas encore fait, il commença de me tutoyer; cela me fit plaisir et je le laissai faire.

« Voilà que nous festoyons joyeusement, dit-il en riant, et à vrai dire nous avons bien raison de le faire d'avance, c'est le plus beau moment. Après, tout sera différent. Tu vas être entraîné dans la gloire du théâtre, mon garçon, et nous allons choquer nos verres pour souhaiter qu'elle ne te détruise pas comme la plupart. »

Pendant un certain temps encore, Gertrude fut intimidée par Muoth. Elle ne semblait elle-même que lorsqu'elle chantait. Il était plein de prévenances et Gertrude le reçut volontiers, jusqu'à ce que les rôles eussent été suffisamment étudiés. Les réceptions de la saison d'hiver et les soirées musicales habituelles reprirent chez Imthor. Muoth y vint souvent, mais sans se produire.

Parfois, il me semblait que Gertrude commençait à s'éloigner de moi. Pourtant, je me reprochais de telles pensées et j'avais honte de ma méfiance. Comme maîtresse de maison, Gertrude avait de nombreuses obligations mondaines, et je prenais souvent plaisir à la voir tout régler et évoluer, si fine, semblable à une princesse sans contrainte.

Pour moi, les semaines passèrent rapidement. Je me consacrais à mon œuvre que je comptais terminer au cours de l'hiver, si possible. Je rencontrais souvent Teifer, je passais des soirées chez lui. Par ailleurs, j'avais une abondante correspondance, on chantait un peu partout mes *lieder*, et l'on jouait à Berlin tout ce que j'avais composé pour orchestre de chambre. Je recevais des demandes, des critiques de journaux et, soudain, tout le monde parut savoir que je préparais un opéra, bien que je n'en eusse parlé qu'à Gertrude, aux Teifer et à Muoth. Dès lors, cela n'avait plus d'importance et, au fond, ces présages de succès me faisaient plaisir : enfin, et sans qu'il m'ait fallu trop attendre, une large voie semblait s'ouvrir à moi.

Il y avait plus d'un an que je n'avais été chez mes

parents. A Noël, je me rendis auprès d'eux. Ma mère se montra affectueuse, mais l'ancien embarras qui nous séparait subsistait. Je craignais de n'être pas compris; pour sa part, elle ne croyait pas à ma vocation artistique, elle ne prenait pas mes aspirations au sérieux et s'en méfiait. Elle parla avec animation de ce qu'elle avait entendu dire et lu à mon sujet, mais c'était plus pour me faire plaisir que par conviction car, en fait, elle se méfiait de ces apparents succès autant que de tout mon art. Ce n'est pas qu'elle ne sût goûter la musique – autrefois, elle avait même chanté un peu – mais un musicien n'en restait pas moins à ses yeux un pauvre homme, et elle ne pouvait ni comprendre ni approuver ma musique, ne connaissant que fort peu de chose de moi.

Mon père était plus confiant. En tant que commerçant, il songeait surtout à ma réussite matérielle et, bien qu'il m'eût toujours, sans la moindre récrimination, prêté une très large assistance, qu'il se fût même chargé de subvenir de nouveau entièrement à mon entretien depuis que j'avais quitté l'orchestre, il voyait avec satisfaction que je commençais à gagner de l'argent et que je pouvais envisager de vivre un jour de mes propres revenus. En raison de sa richesse, il estimait que c'était le fondement indispensable d'une existence honorable. A mon arrivée, il était alité, s'étant blessé au pied la veille.

Je le vis enclin à des conversations de tendance légèrement philosophique, je me rapprochai de lui plus que jamais, et sa sagesse pratique, éprouvée, me plut. Je pus déplorer devant lui certaines de mes souffrances, ce que je n'avais jamais fait, par pudeur. Je me souvins alors d'une expression de Muoth, que je répétai à mon père. Muoth avait dit un jour, en plaisantant il est vrai, qu'il tenait la jeunesse pour la période la plus difficile de la vie et qu'il trouvait, en général, les gens âgés bien plus sereins et plus satisfaits que les jeunes. Mon père se mit à rire, puis il me dit d'un air songeur : « Nous, les vieux, nous affirmons évidemment le contraire. Mais ton ami a tout de même entrevu la vérité. Je crois que l'on peut, dans la vie, établir une limite très précise entre la jeunesse et la vieillesse. La jeunesse cesse en même temps que l'égoïsme, la vieillesse commence lorsque l'on vit pour autrui. Voilà ce que je veux dire : les jeunes tirent beaucoup de plaisir et de douleur de leur propre vie, parce qu'ils la vivent pour eux seuls. Tous les désirs, toutes les pensées sont alors importants; on épuise la douceur de toute joie, mais aussi l'amertume de toute souffrance, et il en est qui, lorsqu'ils voient que leurs souhaits ne pourront se réaliser, rejettent aussitôt toute la vie. C'est la jeunesse. Pour la plupart, vient ensuite une période différente où l'on vit davantage pour autrui, non par vertu, mais par inclination. Ceci se produit généralement quand on fonde une famille. On pense moins à soi et à ses désirs quand on a des enfants. Certains perdent leur égoïsme au profit d'un emploi, de la politique, de l'art ou de la science. La jeunesse veut jouer, l'âge mûr veut travailler. Nul ne se marie pour avoir des enfants mais, lorsqu'ils sont là, on change et, à la fin, on voit que tout n'est arrivé que pour eux. Cela tient aussi à ce que la jeunesse aime bien, certes, parler de la mort, mais n'y pense jamais. Pour les vieux, c'est le contraire. Les jeunes croient vivre éternellement, et ils peuvent, par conséquent, faire porter tous leurs désirs, toutes leurs pensées sur eux-mêmes. Les vieux ont déjà remarqué que tout a une fin et que les biens que l'on possède tout seul, que l'on garde pour soi, finissent par disparaître dans un trou et sont stériles. C'est pourquoi il faut à chacun une autre éternité et la conviction de ne pas travailler seulement pour les vers. C'est à cela que servent femme et enfant, affaires et emploi, et patrie. Il faut savoir pour qui l'on s'est échiné tous les jours. Sur ce point, ton ami a tout à fait raison : il est plus satisfaisant de vivre pour les autres que pour soi-même. Seulement les gens âgés ne devraient pas s'en faire une gloire. Ce sont, d'ailleurs, les jeunes gens les plus ardents qui font les plus sages vieillards, et non pas ceux qui, sur les bancs de l'école, se conduisent déjà comme des grands-pères. »

Je passai une semaine à la maison, souvent au chevet de mon père, qui n'était pas un malade patient. A la vérité, en dehors de sa petite blessure au pied, il était en parfaite santé et plein de vigueur. Je lui avouai mes regrets de ne pas lui avoir rendu justice plus tôt et de ne pas m'être rapproché de lui; il me répondit que c'était réciproque et que, pour notre future amitié, cela valait mieux que d'avoir fait des tentatives prématurées de compréhension mutuelle, souvent vouées à l'échec. Avec cordialité et délicatesse, il s'enquit de mes relations féminines. Je ne voulais pas lui parler de Gertrude, ce qui rendit très simple le reste de ma confession.

« Console-toi, me dit mon père en souriant. Tu as l'étoffe d'un bon époux, les femmes intelligentes le remarquent vite. Il n'y a qu'une fille très pauvre à laquelle tu ne puisses te fier, elle pourrait en vouloir à ton argent. Et si tu ne trouves pas celle que tu imagines et que tu aimerais avoir, tout n'est quand même pas perdu. L'amour entre des êtres jeunes n'est pas celui d'une longue vie conjugale. Pendant la jeunesse, chacun pense à soi et s'occupe de soi. Mais lorsqu'il y a un ménage, il faut s'occuper d'autre chose. Pour moi, il en a été également ainsi, tu peux bien le savoir. J'ai été très amoureux de ta maman, et notre mariage fut un vrai mariage d'amour. Mais cela ne dura qu'un an ou deux, puis l'amour disparut, bientôt il n'en resta plus rien, et nous nous trouvâmes désemparés, ne sachant pas bien que faire l'un de l'autre. C'est justement alors que vinrent les enfants, ton frère et ta sœur aînés, qui sont morts très tôt. Il fallut s'occuper d'eux. Nos exigences réciproques furent réduites, la distance entre nous diminua, et soudain l'amour reparut; ce n'était assurément plus celui d'autrefois, il était même tout différent. Mais il tient depuis plus de trente ans, sans nécessiter beaucoup de rapiéçages. Peu de mariages d'amour réussissent aussi bien. »

Ces vues ne m'étaient sans doute guère utiles, mais mes nouveaux rapports amicaux avec mon père me faisaient du bien, me rendaient de nouveau chère ma ville natale qui, ces dernières années, m'était presque devenue indifférente. En partant, je ne regrettai pas ce séjour, et je décidai de rester en meilleures relations avec mes parents.

Mon travail et des voyages pour l'exécution de mes œuvres pour cordes m'empêchèrent pendant un certain temps de me rendre chez Imthor. Lorsque je revins, je trouvai Muoth, qui auparavant n'y allait qu'en ma compagnie, parmi les hôtes les plus fréquemment invités. Le vieux M. Imthor lui marquait encore de la froideur, mais Gertrude semblait lui témoigner de l'amitié. Cela me fut agréable. Je n'avais pas de raison d'être jaloux et j'étais convaincu que deux êtres aussi différents que Muoth et Gertrude pouvaient, certes, éprouver une attirance réciproque, mais non pas de l'amour l'un pour l'autre. Je ne ressentais donc aucune méfiance lorsqu'il chantait avec elle, et qu'ils unissaient leurs belles voix. Ils étaient beaux à voir, ces deux êtres élancés, lui sombre et grave, elle limpide et gaie. Depuis peu, il me semblait cependant que Gertrude eût une certaine difficulté à préserver sa gaieté innée, qui paraissait quelquefois lasse et comme estompée. Il arrivait assez souvent qu'elle me jetât des regards graves et inquisiteurs comme en ont les gens oppressés et angoissés lorsqu'ils observent les autres. Lorsque je lui faisais alors un signe de confiance, ses traits se tendaient si lentement et avec tant de peine pour sourire que j'en souffrais.

Je ne faisais ces remarques que très rarement. Le plus souvent, Gertrude avait l'air aussi gai et rayonnant que naguère, si bien que je tenais mes impressions pour imaginaires ou dues à quelque malaise éprouvé par Gertrude. Une fois seulement je fus sérieusement effrayé. Elle était assise, la tête rejetée en arrière, dans la pénombre, cependant qu'un ami de la maison jouait du Beethoven. Elle ne se savait pas observée. Rentrée en elle-même, la musique ne la touchait manifestement pas; elle ne composait plus son visage qui avait une expression lasse, angoissée et farouche. Pendant plusieurs minutes, elle resta dans cette attitude et, la voyant ainsi désemparée, je crus que mon cœur allait s'arrêter. Elle souffrait, elle avait du chagrin, c'était déjà grave, mais que, de plus, même devant moi, elle jouât la comédie de la gaieté et qu'elle me cachât tout, à moi aussi, cela m'inquiéta. Dès que le morceau fut terminé, je vins m'asseoir auprès d'elle et j'entamai une conversation banale. Je lui dis que cet hiver était agité pour elle, que j'en étais affecté, moi aussi, mais le ton dont j'usai était celui de la plaisanterie. Enfin, je lui rappelai les semaines de printemps pendant lesquelles nous avions joué et chanté ensemble les débuts de mon opéra.

Elle répondit : « Oui, ce fut une belle période. » Ce fut tout, et pourtant c'était un aveu, car elle avait parlé avec une involontaire gravité. J'en conçus de l'espoir et, au fond de mon cœur, je lui en fus reconnaissant.

Je lui aurais volontiers posé de nouveau ma question de l'été. Le changement survenu chez elle, l'embarras et la timidité qu'elle montrait parfois, envers moi précisément, je croyais bien, en toute modestie, pouvoir les considérer comme des signes favorables. J'étais ému de voir que sa fierté de jeune fille était troublée et en proie à un difficile conflit. Je n'osai cependant rien dire, son incertitude m'inspirait de la compassion; je croyais aussi devoir tenir ma promesse. Je n'ai jamais su comment m'y prendre avec les femmes; mon attitude était à l'opposé de celle de Henri Muoth : j'agissais avec les femmes comme avec des amis.

Comme je ne pouvais, à la longue, tenir mes observations pour illusoires, et comme je ne comprenais tout de même qu'à moitié la transformation de Gertrude, je me montrai réservé, j'espaçai mes visites et j'évitai les conversations intimes avec elle. Je voulais la ménager, ne pas l'effaroucher plus encore, puisqu'elle semblait hésiter et souffrir. Je crois que ma réserve ne lui fut pas désagréable. J'espérais qu'après la vie mondaine de l'hiver nous connaîtrions de nouveau tous deux une belle période paisible, et je voulais attendre jusque-là. Mais souvent la belle jeune fille me faisait cruellement pitié et, malgré moi, je m'inquiétai peu à peu en pressentant quelque chose de grave.

Le mois de février arriva, j'appelais ardemment le printemps de mes vœux et je souffrais de cette situation tendue. Muoth ne venait guère me voir. Il est vrai qu'il avait passé un hiver épuisant à l'Opéra, et il lui fallait choisir l'une des deux flatteuses propositions qui venaient de lui être faites par deux grands théâtres. Il ne semblait plus avoir d'amie, du moins n'avais-je, depuis sa rupture avec Charlotte, plus vu une femme chez lui.

Je commençais à souffrir du changement intervenu dans mes relations avec Gertrude, du surmenage et de la fatigue de l'hiver. J'allai chez Muoth. Il m'offrit un verre de cherry et me parla du théâtre. Il était fatigué, distrait et d'une étrange douceur. Je l'écoutais, je regardais autour de moi et dans la pièce, et j'étais sur le point de lui demander s'il était retourné chez Imthor quand je vis par hasard sur une table une enveloppe de la main de Gertrude. Avant même que j'aie pu réfléchir, je sentis naître en moi de la crainte et de l'amertume. Ce pouvait être une invitation, une simple lettre de courtoisie, mais je n'y croyais pas, malgré la forte envie que j'en avais.

Je parvins à rester calme, et je partis bientôt. Sans le vouloir, je savais déjà tout. Ce pouvait être une invitation, une bagatelle, un hasard... mais je savais qu'il n'en était rien. Soudain, je vis et compris tout ce qui s'était passé ces derniers temps. Certes, je me promettais de vérifier, d'attendre, mais ces résolutions n'étaient que des prétextes et des échappatoires. Le trait m'avait profondément blessé et empoisonnait mon sang. Lorsque je fus assis dans ma chambre, ma stupeur se dissipa lentement, une effrayante lucidité m'envahit, me glaça et me fit sentir que ma vie était désormais brisée, que ma confiance et mon espoir étaient anéantis.

Pendant plusieurs jours, je ne pus ni pleurer ni, semblait-il, souffrir. Sans réfléchir, j'avais décidé de mettre fin à ma vie. Ou plutôt – le désir de vivre s'était éteint en moi. J'envisageais la mort comme une affaire à régler d'urgence, sans savoir si elle était agréable ou non.

Au nombre des choses dont je devais m'occuper auparavant, il y avait surtout une visite à Gertrude, pour tout mettre en ordre en quelque sorte, et pour obtenir une confirmation dont mon intuition n'avait pas besoin. Muoth aurait pu me la fournir mais, bien qu'il me parût moins coupable que Gertrude, je n'arrivais pas à prendre sur moi d'aller le voir. Je me rendis chez Gertrude, je ne la trouvai pas. Je revins le lendemain et je m'entretins quelques minutes avec elle et son père, jusqu'à ce que celui-ci nous laissât, croyant que nous voulions faire de la musique.

Quand elle fut seule en face de moi, je la regardai avec curiosité. Elle n'était plus tout à fait la même, mais toujours aussi belle.

« Pardonnez-moi, Gertrude, lui dis-je avec fermeté, de vous tourmenter une fois encore. Cet été, je vous ai écrit une lettre... Puis-je avoir maintenant une réponse? Je dois partir en voyage, pour longtemps peut-être, sinon j'aurais attendu que vous-même... »

Comme elle pâlissait et me regardait avec surprise, je l'aidai et continuai :

« Vous devez dire non, n'est-ce pas? Je le pensais. Je voudrais seulement en être sûr. »

Elle fit tristement signe que oui.

« Est-ce Henri? » lui demandai-je.

Elle refit le même signe de tête et, soudain, elle sursauta et me saisit la main.

« Pardonnez-moi! Et ne lui faites pas de mal!

– Telle n'est pas mon intention », lui dis-je, sans pouvoir réprimer un sourire, car je me souvenais de Marion et de Charlotte qui, elles aussi, avaient été tellement attachées à Muoth, s'étaient montrées si inquiètes, et avaient été battues. Peut-être Gertrude serait-elle battue également. Peut-être Muoth détruirait-il toute sa magnifique noblesse et tout son être confiant.

« Gertrude, repris-je une dernière fois, réfléchissez encore! Ce n'est pas pour moi, je sais déjà ce qu'il en est! Mais Muoth ne vous rendra pas heureuse. Adieu, Gertrude. »

Ma froideur et ma lucidité n'avaient pas été ébranlées. Mais lorsque Gertrude s'adressa à moi sur le ton que je connaissais pour l'avoir entendu de la voix de Charlotte, lorsqu'elle me jeta un regard maladif en me disant : « Ne partez pas ainsi, je ne mérite pas cela de vous! » Ce fut alors seulement que mon cœur se brisa, et j'eus de la peine à me maîtriser.

Je lui donnai la main et lui dis :

« Je ne veux pas vous faire mal. Je ne veux pas non plus nuire à Henri. Mais attendez encore, n'acceptez pas encore qu'il prenne de l'empire sur vous! Il détruit tous ceux qu'il aime. »

Elle secoua la tête et me lâcha la main.

« Adieu, dit-elle doucement. Je ne suis pourtant pas coupable. Pensez bien à moi, et à Henri aussi! »

C'était fini. Je rentrai chez moi, et je continuai à m'occuper de mon projet comme d'une affaire. Au milieu de ces préparatifs, la douleur m'accablait évidemment et mon cœur saignait, mais je ne m'en apercevais pour ainsi dire que de loin et je n'y prêtais guère attention. Peu m'importait que les jours ou les heures que j'avais encore à vivre fussent agréables ou cruels. Je rangeai le manuscrit inachevé de mon opéra et j'y ajoutai une lettre pour Teifer, afin que l'œuvre fût conservée, si c'était possible. En même temps, je réfléchissais intensément à la façon dont je mourrais. J'aurais voulu ménager mes parents, je ne trouvais cependant aucune mort qui le permît. Finalement, je pensai que cela n'avait pas une telle importance; je décidai d'employer le revolver. Toutes ces questions ne m'apparaissaient que comme des ombres, irréelles. Une seule certitude demeurait : je ne pouvais plus vivre, car déjà je pressentais, par-delà le voile glacé de ma décision, l'horreur de la vie qui m'aurait attendu. Atroce, elle me dévisageait de ses yeux vides, et elle était infiniment plus laide et plus redoutable que la représentation confuse et assez indifférente de la mort.

L'après-midi du deuxième jour, je finis de régler toutes mes affaires. Je voulais encore aller en ville, il fallait que je rende quelques livres à la bibliothèque. La certitude que le soir je ne vivrais plus avait sur moi un effet apaisant. J'éprouvais les mêmes sensations que la victime d'un accident, qui, à demi anesthésiée, ne sent pas la douleur, mais pressent déjà d'affreux tourments. Elle n'a qu'un seul désir : sombrer dans une complète inconscience avant que la souffrance pressentie éclate vraiment. J'étais dans le même état. Je souffrais moins d'une douleur réelle que de la crainte atroce de reprendre conscience, et de devoir alors vider jusqu'à la lie la coupe que devait m'ôter la mort que j'appelais de mes vœux. C'est pourquoi ma course en ville fut rapide, je réglai vite mon affaire, et je rentrai sur-le-champ. Je ne fis qu'un petit détour, pour ne pas devoir passer devant la maison de Gertrude. Car je devinais, sans pouvoir y penser à fond, qu'à la vue de cette maison l'intolérable tourment que je fuyais m'assaillirait et m'abattrait.

Je revins à la maison où je logeais, je repris mon souffle, j'ouvris la porte et, sans m'attarder, soulagé au fond de mon âme, je montai l'escalier. Même si la douleur me poursuivait encore et allongeait ses griffes pour me saisir, même si l'odieuse souffrance recommençait à me déchirer intérieurement, il n'y avait plus que quelques pas, quelques secondes entre la délivrance et moi.

Un homme en uniforme descendit l'escalier à ma rencontre. Je l'évitai et me hâtai de me faufiler à côté de lui, plein de crainte à l'idée d'être retenu. Il porta alors sa main à sa casquette et dit mon nom. Chancelant, je le regardai. On m'avait abordé, arrêté, mes craintes se vérifiaient, mon corps en fut transpercé, et une lassitude mortelle s'empara soudain de moi, comme si j'allais m'effondrer, sans le moindre espoir de jamais franchir les quelques pas qui me séparaient encore de ma chambre.

Cependant l'homme me fixait d'un regard inquiet, et comme je me sentais pris de faiblesse, je m'assis sur une marche. Il me demanda si j'étais malade, je secouai la tête. En même temps, il me tendait quelque chose que je ne voulais pas prendre. Je fis un geste de dénégation et dis : « Je ne veux pas. »

Il appela ma logeuse, qui n'était pas là. Alors il me saisit sous les bras pour me porter en haut et, dès que je vis qu'il n'y avait pas d'issue, et qu'il ne me laisserait pas seul, je me dominai, je me levai et le précédai dans ma chambre où il me suivit. Comme il me considérait avec méfiance, à ce qu'il me semblait, je lui montrai ma jambe infirme, je fis semblant d'en souffrir, et il me crut. Je cherchai mon porte-monnaie, je lui donnai un mark, il me remercia et il me mit dans la main l'objet que je n'avais pas voulu accepter, et qui était un télégramme.

Epuisé, je restai appuyé à la table en réfléchissant. On avait donc réussi à me retenir et à rompre l'envoûtement. Qu'y avait-il là? De qui était ce télégramme? Que m'importait, il ne me concernait pas. Il était inconvenant de m'apporter un télégramme en ce moment-là. J'avais tout réglé, et au dernier instant quelqu'un m'envoyait encore un télégramme. Je jetai un regard circulaire; sur la table il y avait aussi une lettre.

Je glissai la lettre dans ma poche, elle ne m'intéressait pas. Mais le télégramme me tourmentait, il avait brisé l'état dans lequel je me trouvais. J'étais assis devant lui, je le regardais et je me demandais si je devais le lire ou non. Il signifiait évidemment une atteinte à ma liberté, je n'en doutais pas. Quelqu'un voulait déranger mes projets. On ne m'accordait pas la liberté, on voulait que j'épuise ma douleur, qu'aucune morsure, aucun coup, aucune convulsion ne me soient épargnés.

Je ne sais pourquoi ce télégramme me préoccupait tellement. Je restai longtemps assis à la table sans oser l'ouvrir; j'avais le sentiment que son contenu avait le pouvoir de me faire reculer et de me contraindre à supporter l'insupportable que je voulais fuir. Lorsque je l'ouvris enfin, ma main tremblait, et je ne pus le déchiffrer que lentement, comme si j'avais dû le traduire d'une langue étrangère mal connue de moi. Il m'annonçait : « Père mourant. Prière revenir urgence. Maman. » Peu à peu je compris ce que cela signifiait. Hier encore, j'avais pensé à mes parents et regretté d'avoir à leur faire de la peine, mais cela n'avait été qu'une considération superficielle. A présent, ils protestaient, me rappelaient, ils faisaient valoir leurs droits. Je songeai aussitôt aux conversations que j'avais eues avec mon père, à Noël. Poussés par leur égoïsme et leur sentiment d'indépendance, avait-il dit, les jeunes peuvent, à cause d'un désir insatisfait, en arriver à rejeter la vie; mais celui qui sait sa vie liée à celle d'autrui ne peut être entraîné aussi loin par ses propres exigences. Et voilà que j'étais attaché moi aussi, par un tel lien. Mon père était mourant, ma mère était seule auprès de lui, elle m'appelait. La mort de l'un, la détresse de l'autre n'affectaient pas encore mon cœur pour l'instant, je croyais connaître de pires souffrances; mais je me rendais compte qu'il n'était pas possible de les accabler d'un fardeau supplémentaire, de ne pas entendre leur prière et de les abandonner.

Le soir, j'étais à la gare, prêt à partir et, sans que ma volonté y eût part, je faisais consciencieusement le nécessaire, je pris un billet, j'empochai l'argent qui me fut rendu, j'allai sur le quai et montai dans un wagon. Je m'y assis dans un coin et j'attendis le long voyage de nuit. Un jeune homme monta, regarda autour de lui, me salua et s'assit en face de moi. Il me posa une question, je le fixai seulement, sans rien penser ni souhaiter, sinon qu'il me laissât seul. Il toussa et se leva, prit son sac de cuir jaune et chercha une autre place.

Le train parcourait la nuit avec une hâte aveugle et stupide, tout aussi morne et consciencieux que moi, comme s'il risquait de manquer ou pouvait sauvegarder quelque chose. Des heures passèrent et, en mettant ma main dans ma poche, je sentis la lettre. « Elle est encore là, celle-ci aussi », pensai-je, et je l'ouvris.

Mon éditeur m'y parlait de concerts et de droits d'auteur et il m'informait que tout allait bien, que je faisais mon chemin. Un grand critique de Munich avait parlé de moi et il m'en félicitait. Un extrait d'une revue était joint à la lettre, c'était un article dont mon nom avait fourni le titre et qui traitait longuement de la situation actuelle de la musique, et de Wagner, et de Brahms; puis venait une critique de ma musique pour cordes et de mes *lieder* : louange abondante et vœux de bonne chance. En lisant les petits caractères noirs je pris peu à peu conscience que cela me concernait, que le monde et la gloire me tendaient la main. Cela me fit sourire un moment.

La lettre et l'article avaient ôté le bandeau de mes yeux et le monde se dressait à l'improviste devant moi. Je ne m'en voyais ni rejeté ni retiré. Bien au contraire, j'y avais ma place, j'en faisais partie. Je devais vivre, il fallait que je le supporte. Comment était-ce possible? Ah! tout ce qui s'était passé depuis cinq jours, tout ce que je n'avais senti que confusément et pensé fuir, tout cela réapparaissait, et c'était odieux, amer et honteux. C'était un arrêt de mort, et je ne l'avais pas exécuté, je ne pourrais jamais l'exécuter.

J'entendis gémir le train. J'ouvris la fenêtre, je vis filer la campagne tapie dans l'ombre, des fermes aux longs toits, et de lointaines collines. Tout semblait exister à contrecœur et respirer la douleur et le dégoût. On pouvait trouver cela beau, pour moi ce n'était que triste. Je me souvins de la mélodie : *Est-ce là votre volonté, Seigneur?*

Malgré mes efforts pour suivre des yeux le paysage, pour écouter le rythme des roues, pour rattacher fermement mon esprit à quelque pensée qui ne fût pas désespérée, je n'y parvenais que difficilement. Je ne pouvais même pas penser à mon père. De même que les arbres et le paysage nocturnes, il sombrait dans l'oubli, et mes pensées retournaient, en dépit de ma volonté, là où elles n'auraient pas dû aller. Il y avait un jardin avec de vieux arbres, et une maison au milieu, des palmiers à l'entrée et de vieux tableaux sombres à tous les murs, j'entrais, je montais l'escalier, et personne ne me voyait, je passais comme une ombre. Il y avait une dame élancée, qui me tournait le dos, une tête aux cheveux blond foncé. Je les voyais tous deux, elle et lui, enlacés, et je voyais mon ami Muoth sourire, de cet air mélancolique et cruel qu'il avait parfois, comme s'il savait déjà qu'il humilierait et maltraiterait aussi cette femme blonde, et qu'il n'y avait rien à faire. Il était absolument insensé que les femmes les plus belles fussent attirées par ce malheureux qui profanait tout, et que tout mon amour, toutes mes bonnes intentions fussent vains. C'était absolument insensé, mais il en était ainsi.

Tiré d'une espèce de torpeur ou d'inconscience, je vis devant la fenêtre la pâle clarté de l'aube. J'étirai mes membres engourdis, je me sentis lucide et angoissé, le monde s'étendait devant moi, trouble et las. Il me fallait penser à mon père et à ma mère.

Il faisait encore gris lorsque je vis approcher les ponts et les maisons de ma ville natale. Une si grande lassitude, une si profonde répugnance s'emparèrent de moi dans la pénible odeur et le brouhaha de la gare que je pus à peine descendre; je pris mon léger bagage et je montai dans la première voiture venue; elle roula sur l'asphalte rendu glissant par le gel, cahota sur des pavés sonores et s'arrêta devant la large porte de notre maison, que je n'avais jamais vue fermée.

Quand, tout déconcerté, je tirai la sonnette, je n'eus aucune réponse. Je levai les yeux vers la façade, et ce fut comme un rêve pénible et fou où tout est fermé et où il faut escalader des toits. Le cocher me regardait avec surprise et attendait. Le cœur serré, j'allai vers l'autre porte que je n'avais franchie que rarement. Elle était ouverte. Un peu plus loin se trouvait le bureau de mon père où je vis, silencieux et poussiéreux dans leurs vêtements gris, les employés du bureau qui se levèrent à mon entrée et me saluèrent, car j'étais l'héritier. Le comptable Klemm, qui n'avait pas changé depuis vingt ans, me fit une courbette et me regarda d'un air triste et interrogateur.

« Pourquoi la porte de devant est-elle fermée, demandais-je.

– Il n'y a personne ici.

– Où est donc mon père?

– A l'hôpital, et Madame y est aussi.

– Vit-il encore?

– Ce matin il vivait encore. Mais on attend...

– Ah! Mais qu'a-t-il donc?

– Comment? C'est vrai, vous ne savez pas; c'est toujours son pied. On l'a mal soigné, c'est ce que nous disons tous. Tout à coup, il a eu des douleurs, il a terriblement crié. Alors on l'a emmené à l'hôpital. Maintenant, il a un empoisonnement du sang. A deux heures trente, nous vous avons télégraphié, hier.

– Oui, merci. Qu'on m'apporte vite une tartine et un verre de vin et qu'on me commande une voiture, s'il vous plaît. »

On s'empressa, on chuchota, et tout redevint silencieux. Quelqu'un me donna une assiette et un verre, je mangeai du pain et je bus du vin. Je montai dans une voiture, un cheval s'ébroua, et bientôt je me trouvai à la porte de l'hôpital. Je vis des sœurs en cornette blanche et des surveillants en costume de lin bleu rayé se hâter dans les couloirs. On me prit par la main et on m'entraîna dans une chambre; je levai les yeux, je vis ma mère en larmes me faire un signe de tête et, dans un lit bas en fer, mon père, transformé, petit, sa courte barbe grise se dressant de singulière façon.

Il vivait encore, il ouvrit les yeux et me reconnut, malgré la fièvre.

« Tu fais encore de la musique? » dit-il à voix basse, et sa voix comme son regard étaient aussi bons que moqueurs. Ses yeux eurent, en me regardant, un clignement las et ironique, chargé d'une sagesse qu'il ne pouvait plus communiquer, et il me sembla qu'il découvrait le fond de mon cœur, voyait et savait tout.

« Père », dis-je.

Mais il sourit seulement, me jeta encore un regard un peu moqueur, mais déjà troublé, puis il referma les yeux.

« Quelle mine tu as! dit ma mère en me serrant dans ses bras. Tu as donc eu tellement de chagrin? »

Je ne pus rien dire. Un jeune médecin entra, suivi d'un autre, plus âgé. On fit au mourant une piqûre de morphine et il ne rouvrit plus ses yeux pleins de sagesse. Nous étions assis près de lui, ma mère et moi. Nous le regardions, nous le vîmes se calmer, son visage changea, et nous attendîmes. Il mourut à la fin de l'après-midi. Je ressentais une morne douleur, une profonde lassitude, je restais accablé, les yeux secs et brûlants et, vers le soir, je m'endormis, assis, au chevet du mort.

AUTREFOIS, j'avais déjà senti par moments, de façon confuse, qu'il est difficile de vivre. A présent, j'ai de nouvelles raisons de me livrer à des pensées moroses. Jusqu'à ce jour le sentiment de la contradiction inhérente à la vie ne m'a pas quitté. Car ma vie a été malheureuse et pénible, et pourtant elle paraît riche et magnifique à d'autres, et parfois même à moi. J'ai l'impression que la vie humaine est une nuit profonde et triste, qui serait intolérable si elle n'était sillonnée, çà et là, d'éclairs dont la clarté soudaine est si consolante et si merveilleuse qu'elle efface en quelques secondes les années de ténèbres et peut les justifier.

Les ténèbres, l'obscurité désespérée, c'est le cycle effrayant de la vie quotidienne. Pourquoi se lever le matin, manger, boire, se recoucher? L'enfant, le primitif, l'être jeune et sain, l'animal ne souffrent pas de cette routine. Celui pour qui la pensée n'est pas une chose douloureuse se réjouit de se lever le matin, de manger, de boire; il en est satisfait et ne veut rien d'autre. Mais celui qui ne trouve plus incontestable cette routine cherche avidement dans le cours des journées les instants de vie réelle, dont le jaillissement rend heureux, anéantit le sentiment du temps et supprime toutes les réflexions sur le sens et le but de l'existence entière. On peut appeler ces instants ceux de la création, car ils éveillent, semble-t-il, le sentiment d'union avec le Créateur, et l'on croit que tout leur contenu, même s'il est dû au hasard, a été voulu. C'est comme l'union avec Dieu des mystiques. Peut-être est-ce l'éclat exceptionnel de ces instants qui fait paraître les autres si sombres, peut-être leur liberté, leur légèreté magique, leur aérienne volupté font-elles du reste de la vie un fardeau qui empêche tout envol. Je n'en sais rien, n'ayant jamais poussé très loin la réflexion philosophique. Mais je sais que s'il existe une félicité et un paradis, c'est dans la suite ininterrompue de tels instants; et si l'on peut atteindre cette félicité par la souffrance et la purification de la douleur, il ne faut fuir aucune souffrance, aucune douleur, si grande soit-elle.

Quelques jours après l'enterrement de mon père, alors que j'étais encore sous l'effet de la stupeur et que mon esprit restait engourdi, je me trouvai, au cours d'une promenade sans but, dans une petite rue de banlieue bordée de jardins. Les jolies maisonnettes éveillèrent en moi un souvenir confus que je tentai d'approfondir, jusqu'au moment où je reconnus le jardin et la maison de l'ancien professeur qui, quelques années auparavant, avait voulu me convertir à la doctrine théosophique. J'entrai, le vieil homme vint à ma rencontre, me reconnut et me fit pénétrer aimablement dans sa chambre où les livres et les pots de fleurs baignaient dans une légère et agréable odeur de tabac.

« Comment allez-vous? demanda M. Lohe. Ah! c'est vrai, vous avez perdu votre père! Vous avez l'air très affligé, en effet. Cela vous a donc tellement affecté?

– Non, lui dis-je. J'aurais beaucoup plus souffert de la mort de mon père s'il avait encore été un étranger pour moi. Mais à ma dernière visite nous sommes devenus amis, et j'ai perdu le pénible sentiment de culpabilité que l'on éprouve envers de bons parents tant que l'on reçoit d'eux plus d'amour qu'on ne leur en peut donner.

– C'est bien.

– Où en sont vos études théosophiques? J'aimerais que vous m'en parliez, car je vais assez mal.

– Qu'est-ce qui ne va pas?

– Tout. Je ne peux ni vivre ni mourir. Je trouve toute l'existence fausse et bête. »

Le bon visage de M. Lohe, ce visage satisfait de jardinier, se crispa douloureusement. Je dois avouer que c'est précisément ce bon visage, un peu gras, qui m'avait mis de mauvaise humeur et, en fait, je n'attendais pas la moindre consolation de la part de mon ancien professeur. Je voulais seulement entendre la démonstration de l'impuissance de sa sagesse et le punir de son bonheur et de sa foi optimiste. Mes intentions n'étaient amicales pour personne.

Il se trouvait que cet homme n'était pas aussi content de lui et aussi retranché dans sa croyance que je l'avais pensé. Il me dévisagea affectueusement, une tristesse réelle dans le regard, et secoua la tête d'un air mélancolique.

« Vous êtes malade, cher monsieur, dit-il d'un ton catégorique. Si ce n'est que physique, ce sera vite passé. Il faut que vous partiez pour la campagne, que vous travailliez beaucoup et ne mangiez pas de viande. Mais je crois que le mal est ailleurs. C'est de l'hypocondrie.

– Vous croyez?

– Oui. Vous avez une maladie, hélas! à la mode et que l'on rencontre tous les jours chez les hommes d'intelligence supérieure. Les médecins l'ignorent évidemment. Elle est proche de la *moral insanity*[1] et pourrait s'appeler aussi individualisme ou solitude imaginaire. Les livres modernes en sont pleins. Vous vous êtes mis dans la tête que vous étiez isolé, qu'aucun être humain ne vous concernait, que nul ne vous comprenait. N'est-ce pas?

– Oui, à peu près, avouai-je avec surprise.

– Vous voyez. Quelques déceptions suffisent à celui qui

1. En anglais dans le texte.

est atteint de cette maladie pour qu'il croie qu'il ne peut y avoir le moindre lien entre lui et les autres hommes, qu'il existe tout au plus des malentendus, et que chacun vit, en réalité, dans une solitude absolue, sans pouvoir se faire bien comprendre des autres, sans avoir avec eux de points communs. Il arrive aussi que certains de ces malades deviennent orgueilleux et considèrent que tous les êtres sains qui se comprennent encore et peuvent s'aimer, ne sont qu'un troupeau. Si cette maladie se répandait l'humanité serait condamnée à mort. Mais on la trouve surtout en Europe centrale et dans les milieux aisés. Chez les jeunes gens, elle est curable, elle fait même déjà partie des maladies de croissance inévitables de la jeunesse. »

Le ton professoral et légèrement ironique de M. Lohe m'irrita un peu. Comme il ne me voyait ni sourire ni faire le moindre geste pour m'expliquer, son visage reprit une expression bienveillante et peinée.

« Pardonnez-moi, dit-il amicalement. Vous êtes atteint de la maladie elle-même, non pas de la caricature qu'on aime à en faire. Mais il existe vraiment un remède. C'est une illusion de croire qu'il n'y a pas de ponts entre le moi et le toi, que chacun vit seul sans être compris. Au contraire, ce que les hommes ont en commun est bien plus important que ce que chacun a pour soi en particulier, ce qui le distingue des autres.

– C'est possible, dis-je. Mais à quoi cela me sert-il de le savoir? Je ne suis pas un philosophe et je ne souffre pas de ne pouvoir découvrir la vérité. Je ne veux pas devenir un sage et un penseur, mais seulement pouvoir trouver un peu plus de satisfaction et moins de difficultés dans la vie.

– Eh bien essayez! Ne lisez pas de livres, n'étudiez pas de théories. Mais aussi longtemps que vous serez malade, il vous faudra faire confiance à un médecin. Voulez-vous?

– Je veux bien essayer.

– Bon. Si vous n'étiez malade que physiquement et si le médecin vous conseillait de faire une cure balnéaire, de partir au bord de la mer ou de prendre des médicaments, vous ne comprendriez peut-être pas l'utilité de tel ou tel remède, mais vous l'essaieriez une fois et vous vous conformeriez aux prescriptions. Faites de même pour ce que je vous conseille! Apprenez pendant un certain temps à penser aux autres plus qu'à vous-même! C'est la seule voie de salut.

– Mais comment dois-je faire? Chacun ne pense d'abord qu'à soi-même.

– Vous devez surmonter cette tendance. Vous devez parvenir à une certaine indifférence quant à vous-même. Vous devez apprendre à vous dire : « Que suis-je! » Le moyen le plus efficace pour vaincre l'égoïsme est d'aimer tellement quelqu'un que son bien-être vous importe plus que le vôtre. Mais cela ne signifie pas que vous deviez tomber amoureux. Cela donnerait le résultat contraire!

– Je comprends. Mais avec quelle personne?...

– Commencez par vos proches, des parents, des amis. Votre mère par exemple. Elle a subi une grande perte, elle est seule, elle a besoin de consolation. Occupez-vous d'elle, soutenez-la, aidez-la.

– Nous ne nous comprenons pas bien, ma mère et moi. Ce serait difficile.

– Certes, si votre bonne volonté ne va pas plus loin, rien ne sera possible! Le vieux refrain de l'incompréhension! Vous ne devez plus penser qu'on ne vous comprend pas bien, qu'on ne vous rend peut-être pas entièrement justice! Vous devez d'abord essayer une bonne fois de comprendre les autres, de leur donner de la joie, de leur rendre justice. Agissez ainsi et commencez par votre mère!... Voyez-vous, vous devez vous répéter : « De toute « façon, la vie ne me plaît pas, pourquoi alors ne pas « essayer une fois cette méthode-là! » Puisque vous n'avez plus de goût pour votre propre vie, ne la ménagez pas; créez-vous des obligations, renoncez au peu d'agrément que vous avez encore.

– J'essaierai. Vous avez raison : peu m'importe ce que je fais, pourquoi alors ne pas suivre vos conseils? »

Ce qui me touchait et me surprenait dans les paroles de M. Lohe, c'est qu'elles concordaient avec la sagesse de mon père lors de notre dernière rencontre : vivre pour autrui, ne pas s'occuper trop de soi-même. Ces préceptes étaient exactement à l'opposé de mon sentiment, ils avaient un arrière-goût de catéchisme et d'instruction religieuse, choses que je considérais, comme tant de jeunes gens, non sans quelque mépris. Mais il n'était question, finalement, ni d'opinion ni de philosophie; au contraire, il s'agissait d'un essai d'ordre pratique pour rendre supportable une vie pénible. Je voulais le tenter.

Avec surprise, je regardai droit dans les yeux cet homme que je n'avais jamais pris bien au sérieux, et que j'acceptais maintenant comme conseiller et même comme médecin. Il semblait vraiment connaître cet amour qu'il me recommandait. Il semblait partager mes souffrances et vouloir sincèrement mon bien. Du reste, j'avais déjà eu le sentiment qu'il me fallait un traitement violent pour pouvoir vivre et respirer de nouveau comme les autres. J'avais pensé à une longue retraite dans la montagne ou à un travail effréné, mais il valait mieux que j'obéisse à mon conseiller, puisque j'avais atteint les limites de mon expérience et de ma sagesse.

Lorsque je déclarai à ma mère que j'avais l'intention de ne pas la laisser seule, mais que j'espérais qu'elle viendrait chez moi et partagerait ma vie, elle hocha tristement la tête.

« A quoi penses-tu! répliqua-t-elle. Ce n'est pas si simple. J'ai mes vieilles habitudes, je ne peux pas tout recommencer, et toi, il te faut de la liberté, tu ne dois pas te charger de moi.

– Mais nous pouvons bien essayer, lui proposai-je. Ce sera peut-être plus facile que tu ne le crois. »

Au début, je fus assez occupé pour échapper aux pensées sombres et au désespoir. Il y avait la maison et une vaste entreprise, avec du crédit et des dettes, il y avait des dossiers et des factures, de l'argent prêté et emprunté, et surtout un problème : qu'adviendrait-il de tout cela? Evidemment, j'étais résolu, dès le début, à tout vendre, mais cela ne pouvait se faire rapidement. Et puis ma mère tenait à la vieille maison; il fallait exécuter le testament de mon père ce qui comportait toutes sortes d'obstacles et de difficultés. Le comptable et un notaire durent apporter leur concours. Les jours et les semaines passaient en discussions, en correspondance, en projets plus ou moins déçus. Bientôt, je ne me retrouvai plus du tout dans ces comptes et ces formulaires administratifs; je pris un avoué en plus du notaire, et leur laissai le soin de tout démêler.

Il arrivait souvent que ma mère se sentît frustrée. Je faisais des efforts pour lui faciliter les choses; je la déchargeais de tout, je lui faisais la lecture, je me promenais en voiture avec elle. Il m'était parfois pénible de ne pas m'échapper et j'avais envie de tout abandonner; mais une certaine pudeur et le désir de savoir ce qui allait se passer me retenaient.

Ma mère ne pensait qu'au disparu, mais sa peine s'exprimait par de petites manifestations féminines, nouvelles pour moi et qui me semblaient souvent mesquines. Au début, il fallut que je prenne la place de mon père à table, puis elle trouva que cela n'allait pas et que la place devait rester vide. Parfois, elle m'eût écouté pendant des heures parler de mon père; d'autres fois, elle restait silencieuse et me jetait un regard douloureux dès que je le nommais. C'était la musique qui me manquait le plus. Que n'aurais-je donné pour faire une heure de violon... Je n'y fus autorisé qu'après plusieurs semaines, non sans que ma mère soupirât et vît là un manquement. Elle ne répondait pas à la bonne volonté heureuse des sentiments que je lui portais.

Je souffris alors souvent et fus tenté de renoncer, mais je me contraignais toujours et m'habituais à des journées sans écho.

Ma propre vie était stérile et morte, le passé ne s'éveillait que lorsque j'entendais Gertrude en rêve ou quand, malgré moi, des mélodies de mon opéra me revenaient à l'esprit. Tout ce que je retrouvais à R., où j'étais retourné pour libérer ma chambre et prendre mes affaires, me parut dater d'un très lointain passé. Je ne rendis visite qu'à Teifer qui me prêta assistance avec fidélité. Je n'osai demander des nouvelles de Gertrude.

Peu à peu, je dus entreprendre une lutte en règle et secrète contre ma mère, dont la réticence et la résignation m'oppressaient à la longue. Si je lui demandais ouvertement ce qu'elle souhaitait et en quoi il pouvait m'arriver de la mécontenter, elle me caressait la main et disait avec un sourire triste : « Laisse donc, mon enfant! Je suis une vieille femme, c'est tout. » Je me mis donc à faire moi-même des recherches, et je ne dédaignai pas de poser des questions au comptable et aux domestiques.

Je découvris alors nombre de choses dont voici l'essentiel : ma mère avait en ville une cousine, Mlle Schniebel, vieille demoiselle qu'elle aimait beaucoup et qui vivait très retirée. Cette personne, qui n'avait guère aimé mon père, manifestait à mon égard tant d'aversion qu'elle ne venait plus du tout à la maison. Ma mère lui avait autrefois promis de la prendre auprès d'elle si elle survivait à mon père, et ma présence semblait déjouer cet espoir. Lorsque j'eus peu à peu fait cette découverte, je rendis visite à la vieille dame et je m'efforçai de me montrer agréable. Je n'avais aucune expérience des subtilités et des petites intrigues et j'y prenais presque plaisir. La demoiselle fréquenta de nouveau, grâce à moi, notre maison, et je remarquai que ma mère m'en était reconnaissante. Il est vrai qu'elles s'unirent toutes deux pour faire échouer la vente de la vieille maison, comme je le souhaitais, et elles y parvinrent effectivement. Mais les visées de la demoiselle ne s'arrêtaient pas là. Elle voulait prendre ma place et obtenir le séjour douillet qu'elle désirait depuis longtemps et dont je lui interdisais encore l'accès. Il y aurait eu assez de place pour elle et moi, à ceci près qu'elle ne voulait pas de maître de maison à côté d'elle, et elle refusait de venir s'installer chez nous. Par contre, elle accourait à tout propos, se rendait indispensable à son amie, me traitait avec diplomatie comme une grande puissance dangereuse et s'assurait dans le ménage une position de conseillère que je ne pouvais lui disputer.

Ma pauvre mère ne prenait parti ni pour elle ni pour moi. Elle était lasse et souffrait profondément de la transformation de sa vie. Je ne remarquai que petit à petit combien mon père lui manquait. Une fois, en passant par une pièce où je ne m'attendais pas à la trouver, je la vis s'affairant à une armoire. Mon arrivée la fit sursauter et je passai vite, mais j'avais bien vu qu'elle examinait des vêtements du disparu, les yeux rougis.

Lorsque vint l'été, un nouveau conflit éclata. Nous avions besoin de repos ma mère et moi, et je voulais absolument que nous partions ensemble, espérant prendre plus d'influence sur elle en cette occasion. Elle montrait peu de goût pour un voyage, mais elle ne me contredisait guère. Mlle Schniebel insista d'autant plus pour que ma mère restât et que je fisse seul le déplacement prévu. Je ne voulais nullement céder, j'attendais beaucoup de ce voyage, pour moi aussi. Je commençais, en effet, à me sentir mal à l'aise dans notre vieille maison, avec ma pauvre mère qui se tourmentait.

Nous partîmes vers la fin juin. Voyageant par petites journées, nous vîmes Constance et Zürich et, par le Brunig, nous approchâmes de l'Oberland bernois. Ma mère restait silencieuse et semblait lasse; elle subissait le voyage d'un air malheureux. A Interlaken, elle se mit à se plaindre d'insomnies, mais je la persuadai d'aller jusqu'à Grindelwald, où j'espérais trouver le repos pour elle et pour moi. Pendant ce voyage interminable, déraisonnable et morne, je dus me rendre à l'évidence qu'il était impossible d'échapper à sa propre détresse. Devant nous s'étendaient de beaux lacs verts où se reflétaient des villes magnifiques. Des montagnes blanches et bleues se dressaient sous nos yeux et des glaciers étincelaient au soleil. Devant ces paysages, nous étions silencieux et sans joie; tout nous faisait honte et nous oppressait. Nous faisions des promenades, nous levions les yeux vers les sommets, nous respirions l'air doux et léger, nous entendions tinter les sonnailles des troupeaux dans les alpages et nous disions : « C'est beau! » sans oser nous regarder en face.

Ma mère supporta le séjour à Grindelwald pendant une semaine puis, un matin, elle me déclara : « Ecoute, c'est inutile, nous allons rentrer. J'aimerais pouvoir dormir une nuit de nouveau. Et si je tombe malade, si je dois mourir, je veux que ce soit à la maison. »

Alors, sans un mot, je fis nos valises. Dans mon for intérieur je lui donnais raison et, bien plus vite qu'à l'aller, nous fîmes la route du retour. Pourtant, je n'avais pas le sentiment de revenir dans ma patrie, mais dans une prison, et ma mère ne manifestait elle aussi qu'une discrète satisfaction.

Le soir de notre arrivée, je lui demandai : « Que dirais-tu de me voir partir seul? Je retournerais à R. Vois-tu, j'aimerais rester auprès de toi si je pensais que ce fût de quelque utilité. Mais nous sommes tous deux malades et tristes, et nous ne faisons que nous contaminer sans cesse. Fais venir chez toi ton amie qui saura mieux te consoler que moi. »

Comme d'habitude, elle prit ma main et la caressa doucement. En même temps, elle hochait la tête, me regardait en souriant, et son sourire disait clairement : « Oui, pars donc! »

Tous mes efforts et mes bonnes intentions n'avaient réussi qu'à nous tourmenter tous deux pendant quelques mois et à éloigner plus encore ma mère de moi. Malgré notre vie commune, chacun de nous avait porté son fardeau, sans le partager avec l'autre; chacun s'était enfoncé plus loin dans sa douleur et sa maladie. Mes tentatives avaient été vaines, et je ne pouvais rien faire de mieux que de partir et de céder la place à Mlle Schniebel.

C'est ce que je fis très rapidement et, comme je ne savais où aller, je revins à R. Au moment du départ, je me rendis compte que désormais je n'avais plus de patrie. Plus rien ne me liait à la ville où j'étais né, où j'avais passé mon enfance et enterré mon père; elle n'avait plus de droits sur moi et ne pouvait plus m'offrir de souvenirs. Je n'en dis rien à M. Lohe lorsque je pris congé de lui : son ordonnance n'avait pas été efficace.

A R., mon ancienne chambre était encore libre, par hasard. J'y vis un signe : il était inutile de rompre avec le passé et de vouloir échapper à son destin. Je vivais de nouveau dans la même chambre, dans la même maison, dans la même ville; je sortis mon violon et mon travail, et je retrouvai tout tel que je l'avais laissé, si ce n'était que Muoth était parti pour Munich et que Gertrude était sa fiancée.

Je repris les morceaux de mon opéra comme des vestiges d'une vie antérieure. Je voulais essayer d'en faire encore quelque chose. Mais la musique ne s'éveillait que lentement dans mon âme glacée et la première mélodie ne naquit que lorsque le poète qui écrivait des paroles pour moi m'adressa un nouveau *lied*. Il me parvint à une époque où mon ancien désarroi m'envahissait souvent et où, le cœur empli de honte, parcouru de mille feux follets, j'errais autour du jardin de la maison Imthor. Les paroles en étaient les suivantes :

*Le fœhn hurle toutes les nuits,*
*Aile humide au battement lourd,*
*Vol fou de courlis dans l'autan;*
*Partout le sommeil s'est enfui,*
*Et tout s'éveille en un bruit sourd*
*A l'appel du printemps.*

*Par ces nuits je ne peux dormir.*
*De mon cœur s'effacent les ans,*
*Des fonds bleutés du souvenir*
*Jaillit de ma jeunesse l'ardent*
*Bonheur, il me fixe, tout près,*
*Prend peur et disparaît.*

*Sois sage, sois sage, ô mon cœur!*
*Même si, captive en mes veines,*
*La passion vibre avec ardeur*
*Et suit une voie ancienne :*
*Ta jeunesse fuit loin de toi,*
*Elle n'est plus devant toi.*

Ces vers pénétrèrent au fond de mon cœur et y éveillèrent des échos. Ils y firent renaître la vie. Longtemps contenus, les tourments que j'avais endurés se dissipaient en un flot de sons et d'harmonies où ma douleur jetait encore d'ardents reflets; le *lied* me fit retrouver le fil perdu de mon opéra et, après cette longue période désolée, je m'enfonçai dans la fiévreuse griserie d'effusions débordantes et je m'élevai ainsi vers les libres sommets du sentiment, où la souffrance et la volupté ne se distinguent plus, où toute la ferveur et la vigueur de l'âme jaillissent en une seule flamme haute et droite.

Un soir, dans une allée de châtaigniers, en revenant de chez Teifer, à qui j'avais montré le nouveau *lied*, je me sentis envahi par le déferlement de forces toutes neuves. Pourtant, comme les yeux béants d'un masque, le regard désespérément vide des mois passés pesait encore sur moi. Mon cœur battait avec précipitation, il s'emplissait de désirs et ne pouvait plus comprendre pourquoi il avait voulu échapper à sa souffrance. L'image de Gertrude se détachait lumineuse, splendide, au-dessus de la poussière; je contemplais de nouveau, sans crainte, ses yeux clairs et j'ouvrais largement mon cœur à toutes les douleurs. Ah! il valait mieux souffrir pour elle et enfoncer le fer plus avant dans la plaie que de traverser, loin d'elle et de ma vraie vie, un crépuscule peuplé de fantômes! Aux lourdes cimes des majestueux châtaigniers le ciel suspendait ses ténèbres bleues, emplies d'étoiles dont le scintillement grave répandait au loin l'or de leurs rayons indifférents. Ainsi m'apparaissaient les étoiles, et les arbres offraient sans réticence au regard leurs bourgeons, leurs fleurs et leurs cicatrices, et que cela leur procurât de la joie ou les fît souffrir, ils s'abandonnaient au grand courant de la vie; les éphémères étaient emportés vers la mort dans un tourbillon d'ivresse, toute vie avait son éclat et sa beauté. J'y plongeais mon regard un instant, je la comprenais, je l'approuvais, et j'approuvais aussi ma vie et mes souffrances.

Mon opéra fut terminé au cours de l'automne. Je rencontrai alors M. Imthor à un concert. Il me salua avec beaucoup de cordialité et un peu de surprise, car il ne savait pas que je séjournais dans la ville. Il avait seulement appris que mon père était mort et que, depuis, je vivais dans ma ville natale.

« Et comment va Mlle Gertrude? demandai-je avec autant de calme que possible.

– Oh! vous devriez venir et en juger vous-même. Le mariage doit avoir lieu fin novembre. De toute façon, nous comptons absolument sur vous à ce moment-là.

– Merci, M. Imthor. Et quelles nouvelles avez-vous de Muoth?

– Il va bien. Vous savez, je ne suis pas tout à fait d'accord pour ce mariage. Il y a déjà longtemps que j'aurais voulu vous interroger au sujet de M. Muoth. En ce qui me concerne, je n'ai pas à me plaindre de lui. Mais j'ai entendu divers commérages sur son compte : il aurait eu de nombreuses affaires de femmes. Pourriez-vous m'en parler?

– Non, monsieur Imthor. Cela n'aurait d'ailleurs aucun sens. Votre fille ne modifiera certainement pas sa décision sur la foi de rumeurs. M. Muoth est mon ami, et s'il trouve le bonheur, je ne le lui envierai pas.

– Oui, oui. Vous reverrons-nous bientôt chez nous?

– Je le pense. Au revoir, monsieur Imthor. »

Peu de temps auparavant, j'aurais tout fait pour empêcher leur union, non par envie ou dans l'espoir que Gertrude pourrait encore, malgré tout, se tourner vers moi, mais parce que j'étais persuadé qu'ils ne seraient pas heureux; je pensais à cette mélancolie qui caractérisait Muoth, le torturait lui-même et le rendait irritable, à la délicatesse de Gertrude, à ce qui s'était passé pour Marion et Charlotte.

Mon point de vue s'était modifié. Le bouleversement de toute ma vie, six mois de solitude intérieure et un adieu lucide à la jeunesse m'avaient transformé. Je pensais qu'il était insensé et dangereux d'intervenir dans le destin d'autrui; je n'avais, de plus, aucune raison de croire que mon intervention serait adroite, que je connaissais suffisamment les hommes pour pouvoir les aider, puisque mes tentatives en ce sens avaient toutes échoué et m'avaient amèrement confondu. Aujourd'hui encore, je doute fort que l'homme soit le moins du monde capable d'orienter sa vie et celle des autres. On peut gagner de l'argent, obtenir des honneurs mais on n'acquiert jamais le bonheur ou le malheur, ni pour soi, ni pour autrui. On ne peut que subir ce qui arrive et, certes, de façons très diverses. Pour ma part, je ne voulais plus tenter de donner, à toute force, un tour plus favorable à mon existence, mais supporter mon sort de mon mieux et en tirer le meilleur parti.

Bien que la vie reste étrangère à de telles méditations et n'en soit pas affectée, des résolutions loyales apportent pourtant la paix de l'âme et aident à supporter l'inévitable. Du moins me semble-t-il, lorsque je repense à cette époque, que la vie m'a été plus douce depuis que l'esprit de résignation est entré en moi et que j'ai reconnu combien mon propre sort est, en soi, indifférent.

Je pus bientôt me rendre compte, à propos de ma mère, que l'on atteignait parfois sans s'y attendre, et tout naturellement, un but poursuivi en vain avec une ferme volonté et de grands efforts. Je lui écrivais une fois par mois, et je n'avais plus reçu de réponse depuis quelque temps. Si elle était tombée malade, je l'aurais appris, c'est pourquoi je pensais peu à elle, et je continuais à envoyer mes lettres, de brefs comptes rendus de ce qui m'arrivait, auxquels j'ajoutais chaque fois des salutations cordiales pour Mlle Schniebel.

Ces salutations n'étaient plus transmises depuis peu. Tout avait trop bien réussi aux deux femmes, elles n'avaient pas supporté la réalisation de leurs vœux. L'existence agréable de la demoiselle lui était montée à la tête. Aussitôt après mon départ, elle avait triomphalement élu domicile dans notre maison, estimant avoir bien mérité par de longues années de misère le droit de participer à la direction d'une maison importante, de s'y réchauffer et de s'y rengorger. Ce n'était pas qu'elle eût pris l'habitude de la dépense et du gaspillage, ayant vécu trop longtemps dans d'humbles conditions pour changer.

Ses vêtements et son linge n'étaient pas plus fins; au contraire, elle s'était mise à tenir le ménage avec économie, puisque cela valait la peine d'économiser. Ce à quoi elle tenait, c'était à son pouvoir et à son influence. Les deux servantes devaient lui obéir exactement comme à ma mère, et elle savait prendre une attitude impérieuse envers les domestiques, les artisans, le facteur. Et, comme on ne peut assouvir une passion en lui cédant, son goût de l'autorité s'étendit à des domaines dans lesquels ma mère pouvait moins aisément céder. Elle ne pouvait souffrir que celle-ci reçût un visiteur sans qu'elle fût présente. Il ne lui suffisait pas que ma mère lui lût des extraits des lettres, des miennes en particulier, elle voulait les lire elle-même. Elle constata que, dans la maison, tout n'était pas tenu, organisé et contrôlé comme elle le trouvait bon. La surveillance des domestiques surtout ne lui paraissait pas assez rigoureuse. Si l'une des servantes ne rentrait pas assez tôt le soir, si l'autre s'entretenait trop longuement avec le facteur, si la cuisinière demandait un dimanche de congé, elle blâmait sévèrement l'indulgence de ma mère et lui faisait de longs discours sur la bonne tenue d'une maison. De plus, elle souffrait amèrement des entorses, rudes et fréquentes, qui étaient faites aux règles de l'économie. Voilà qu'on livrait de nouveau du charbon! Il y avait trop d'œufs dans le livre de la cuisinière! Elle s'opposait à cet état de choses avec sérieux et zèle. Ce fut la raison principale de la mésentente entre les deux femmes.

Jusqu'à présent, ma mère n'avait rien dit, même si elle n'avait pas été toujours d'accord avec son amie qui l'avait déçue en maintes circonstances. Elle avait sans doute imaginé d'autres relations entre elles deux. Par contre, lorsque des habitudes que leur ancienneté avait rendues vénérables se trouvèrent en péril, que son confort quotidien et la paix domestique furent menacés, ma mère ne put s'empêcher de faire des objections, et elle se défendit sans pouvoir certes rivaliser avec son amie. Il y eut des discussions, de petites querelles amicales et, lorsque la cuisinière rendit son tablier et ne put être retenue par ma mère qu'à grand-peine, à force de promesses et même d'excuses, le partage de l'autorité dans la maison entraîna un réel conflit.

Mlle Schniebel, fière de son savoir, de son expérience et de ses vertus ménagères, ne pouvait comprendre qu'on ne lui sût aucun gré de ces qualités et se sentait si sûre de son bon droit qu'elle ne put plus dissimuler ses critiques sur les talents de maîtresse de maison de ma mère, et elle manifesta un dédain chargé de pitié pour les us et coutumes en vigueur. La maîtresse de maison se référa à mon père : sous sa direction, et suivant ses méthodes, tout avait été fort bien pendant tant d'années. Il n'avait pas admis les mesquineries d'une économie timorée, il avait accordé des droits et la liberté au personnel, il avait détesté les querelles et la mauvaise humeur des domestiques. Lorsque ma mère invoqua celui qu'elle avait elle-même critiqué à l'occasion, autrefois, mais qu'elle avait divinisé depuis sa mort, Mlle Schniebel ne put se taire et rappela d'un ton aigre l'opinion qu'elle s'était faite depuis longtemps sur le disparu, et qu'elle avait exprimée; elle ajouta qu'il était temps de mettre un terme à la routine et de faire place à la raison. Par égard pour son amie, elle n'avait pas voulu porter atteinte au souvenir du défunt; mais puisque celle-ci s'y référait elle-même, il lui fallait avouer que l'ancien maître de maison avait assurément été responsable pour une grande part du mauvais état du ménage, elle ne comprenait pas pourquoi son amie, alors qu'elle avait les mains libres, maintenait cette situation.

Ma mère fut profondément affectée de ces propos qu'elle ne pardonna jamais à sa cousine. Si elle avait pu éprouver autrefois le besoin de se plaindre à sa confidente du maître de la maison, elle ne souffrait plus la moindre ombre sur l'image exaltée de mon père et elle considéra cette crise domestique non seulement comme une entrave, mais surtout comme une offense au disparu.

Tout cela s'était passé à mon insu. La première lettre de ma mère qui fit, avec ménagements et prudence, allusion à cette tempête dans un verre d'eau, me fit sourire. J'omis les salutations à la vieille demoiselle dans ma réponse, sans faire aucune allusion à l'affaire en question. Je pensais que ces deux femmes s'entendraient mieux sans mon intervention. Entre-temps, des événements nouveaux étaient survenus qui m'occupaient beaucoup plus.

Le mois d'octobre était arrivé et je pensais sans cesse à l'imminent mariage de Gertrude. Je n'étais pas retourné chez elle et je ne l'avais pas revue. J'avais l'intention de renouer mes relations avec son père après le mariage, lorsqu'elle serait partie. J'espérais aussi que des rapports confiants se rétabliraient, avec le temps, entre elle et moi; nous avions été trop proches pour pouvoir effacer simplement le passé. Mais pour l'instant je n'avais pas encore le courage d'affronter une rencontre à laquelle, telle que je la connaissais, elle ne se serait pas soustraite.

J'entendis un jour des coups familiers frappés à ma porte. Troublé par un pressentiment, je me levai d'un bond et j'ouvris : c'était Henri Muoth qui me tendait la main.

« Muoth! » m'écriai-je, et je gardais sa main dans la mienne, mais je ne pouvais le regarder en face sans que tout se réveillât en moi et me fît souffrir. Je revoyais la lettre posée sur la table, l'enveloppe de la main de Gertrude; je me retrouvais prenant congé d'elle et choisissant la mort.

Muoth m'observait d'un regard inquisiteur. Il semblait un peu amaigri, mais il était aussi beau et altier que jamais.

« Je ne m'attendais pas à te voir, dis-je à voix basse.

– Ah! Je sais déjà que tu n'es pas retourné chez Gertrude. Quant à moi... ne parlons pas de tout cela! Je viens voir quelle est ta vie et ce que devient ton travail. Où en est ton opéra?

– Il est terminé. Mais d'abord : comment va Gertrude?

– Bien. Notre mariage approche d'ailleurs.

– Je sais.

– Oui. Ne veux-tu pas lui rendre visite un jour?

– Si, plus tard. Je veux voir si elle est heureuse avec toi.

– Hum...

– Henri, excuse-moi, mais je pense parfois à Charlotte que tu as tellement maltraitée, et que tu as battue.

– Laisse donc Charlotte! Elle n'a eu que ce qu'elle méritait. Une femme qui ne veut pas recevoir de coups n'en reçoit pas.

– Eh bien, soit. Alors l'opéra. Je ne sais même pas encore où le présenter. Il faudrait un bon théâtre, mais l'acceptera-t-il?

– Il l'acceptera. Je voulais t'en parler. Propose-le à Munich! On s'y intéresse à toi et, au besoin, je te soutiendrai. J'aimerais beaucoup que personne ne chante le rôle avant moi. »

Cela faisait mon affaire. J'acceptai volontiers et je promis de m'occuper bientôt des copies. Nous discutâmes de détails, et notre conversation se poursuivit avec embarras, comme si nous parlions d'une question de vie et de mort, et pourtant nous voulions seulement faire passer le temps et fermer les yeux sur le fossé qui s'était creusé entre nous. Muoth fut le premier à se décider :

« Dis-moi, s'exclama-t-il, te souviens-tu de ce jour où tu m'emmenas chez Imthor? Il y a un an.

– Sûrement, lui dis-je, et tu n'as pas besoin de me le rappeler. Va-t'en plutôt!

– Non, mon ami. Eh bien, si déjà tu éprouvais de l'amour pour cette jeune fille, pourquoi ne m'en as-tu rien dit? Il aurait suffi que tu me dises de la laisser tranquille. Même une allusion, je l'aurais comprise.

– Je ne pouvais pas le faire.

– Pourquoi? En quoi étais-tu obligé d'attendre, sans mot dire, qu'il soit trop tard?

– Mais je ne pouvais savoir si elle éprouvait de l'affection pour moi... Si elle te préfère, je ne peux rien faire.

– Tu es un enfant! Elle aurait peut-être été plus heureuse avec toi! Chacun a tout de même le droit de conquérir une femme. Et si, dès le début, tu m'avais dit un mot, si tu m'avais fait un tout petit signe, je me serais tenu à l'écart. Après, il était évidemment trop tard. »

Cet entretien m'était pénible.

« Je suis d'un autre avis, lui dis-je, et toi, tu n'as pas à te plaindre, n'est-ce pas? Alors, laisse-moi tranquille! Transmets-lui mes salutations et dis-lui que je vous rendrai visite à Munich.

– Tu ne veux pas venir au mariage?

– Non, Muoth, ce serait de mauvais goût. Mais... le mariage sera-t-il religieux?

– Naturellement, à la cathédrale.

– Voilà qui me plaît. J'ai préparé quelque chose pour cette occasion, un prélude pour orgue. Ne t'inquiète pas, il est très court.

– Tu es un bon garçon! Pourquoi n'ai-je que de la malchance avec toi!

– Je crois que tu devrais dire de la chance, Muoth.

– Allons, ne nous disputons pas. Il faut que je parte, il y a encore des achats à faire, Dieu sait quoi. Tu envoies bientôt l'opéra, n'est-ce pas? Adresse-le-moi, je l'apporterai moi-même à notre chef. Ah! avant que je me marie, nous devrions passer encore une soirée tous les deux tout seuls. Demain peut-être?... Bon, au revoir! »

Je me retrouvais enfermé dans l'ancien cercle et je passai la nuit en proie à des pensées mille fois ressassées, à des souffrances mille fois éprouvées. Le lendemain, j'allai chez un organiste que je connaissais et je lui demandai d'étudier mon prélude, pour le mariage de Muoth. L'après-midi, je jouai pour la dernière fois mon ouverture avec Teifer. Et le soir, je me rendis à l'hôtel de Muoth.

On y avait préparé pour nous une pièce où brûlaient un feu et des chandelles. La table recouverte d'une nappe blanche était décorée de fleurs et chargée d'argenterie; Muoth m'attendait.

« Alors, mon garçon, s'écria-t-il, nous allons célébrer notre séparation, plus pour moi que pour toi. Je dois te transmettre les salutations de Gertrude. Ce soir nous allons boire à sa santé. »

Nous remplîmes nos verres et les vidâmes en silence.

« Voilà, et maintenant nous n'allons plus penser qu'à nous-mêmes. Nos jeunes années sont à leur déclin, mon cher, ne le sens-tu pas aussi? Il paraît que la jeunesse est la plus belle période de la vie. J'espère que c'est faux, comme tous les adages. Le meilleur doit encore venir, sinon tout cela ne valait pas la peine d'être vécu. Lorsqu'on aura joué ton opéra nous en reparlerons. »

Le repas, arrosé d'un lourd vin du Rhin, fut agréable. Ensuite nous nous enfonçâmes dans de profonds fauteuils pour fumer des cigares et boire du champagne. Pendant une heure, le temps passé revint en nous apportant le plaisir d'échafauder des projets. Nous échangions des regards confiants et nous étions satisfaits l'un de l'autre. En ces moments-là, Henri montrait plus de bienveillance et de délicatesse qu'à l'accoutumée. Il savait parfaitement combien de tels instants sont éphémères, et tant que la flamme de l'harmonie brillait de tout son éclat, il l'entourait avec précaution et ménagement de ses mains. En souriant, il parlait à voix basse de Munich, racontait avec talent des anecdotes du théâtre.

Lorsqu'il eut dépeint avec aisance et pénétration, mais sans méchanceté, son chef d'orchestre, son beau-père et d'autres, je bus à sa santé et lui demandai :

« Eh bien, que dirais-tu de moi? Comment juges-tu des gens de mon espèce? »

Son regard sombre se porta sur moi :

« Tu es, dit-il, en tous points le type de l'artiste. Un artiste n'est pas, comme le croient les bourgeois, un joyeux personnage qui produit de temps à autre, par pure exubérance, une œuvre d'art. Le plus souvent, c'est une pauvre créature qui succombe sous le poids d'une inutile richesse, et c'est pourquoi il est obligé d'en céder une partie. La légende de l'artiste heureux n'a pas de fondement, ce n'est que verbiage de bourgeois. Le gai Mozart se soutenait grâce au champagne, si bien qu'il n'avait pas de pain, et nul ne saura jamais pourquoi Beethoven n'a pas, dès sa jeunesse, attenté à ses jours, au lieu d'écrire ses œuvres magnifiques. Un artiste qui se respecte doit avoir une vie malheureuse. S'il a faim et s'il vide ses poches, on n'y trouve toujours que des perles!

– Oui, lorsque l'on souhaite un peu de joie, de chaleur et que l'on désire profiter de la vie, une douzaine d'opéras ou de trios ne servent assurément de rien.

– Je le crois. Une heure comme celle-ci, avec du vin et un ami, un aimable bavardage sur cette étrange vie, c'est, en fait, ce que l'on peut avoir de mieux. Il doit en être ainsi et encore devons-nous nous estimer heureux. Il faut être économe de ses joies, de sa paix intérieure, pour qu'elles permettent de temps à autre une heure agréable. A ta santé, mon ami! »

Au fond, je n'étais pas du tout d'accord avec la philosophie de Muoth, mais que dire? Il m'était doux de pouvoir passer une heure semblable avec l'ami que j'avais craint de perdre irrémédiablement et dont, même à présent, je n'étais pas sûr.

Notre soirée ayant pris fin, Muoth me proposa de me raccompagner. Je refusai car il n'aimait pas marcher avec moi dans la rue à cause de mon boitement qui le gênait et le mettait de mauvaise humeur. Il ne savait pas faire de sacrifices, et souvent les petites concessions sont les plus difficiles.

Ma composition pour orgue me plaisait. C'était une sorte d'ouverture qui évoquait pour moi le passé dans ses jours heureux, tout en exprimant des vœux de bonheur aux époux.

Le jour du mariage, j'allai de bonne heure à l'église, et caché derrière les orgues, j'assistai, d'en haut, à la cérémonie. Lorsque l'organiste joua mon petit morceau, Gertrude leva les yeux et fit un signe à son fiancé. Elle paraissait plus élancée, plus mince que jamais dans sa robe blanche; sur l'étroit passage décoré qui menait à l'autel, elle s'avançait avec grâce et gravité à côté de son futur mari qui marchait très droit et avec fierté. Le tableau aurait beaucoup perdu en éclat si, à la place du fiancé, un infirme boitillant avait parcouru le chemin solennel.

IL ne me fut pas loisible de penser longtemps au mariage de mes amis et d'en faire l'objet des réflexions et de la nostalgie qui me tourmentaient.

Depuis quelque temps, je n'avais guère songé à ma mère. Certes, je savais, par sa dernière lettre, que le confort et la paix laissaient à désirer dans sa maison, mais je n'avais aucune raison ni la moindre envie de me mêler à la querelle des deux femmes; au contraire, je prenais un malin plaisir à constater cet état de choses sur lequel je n'avais pas à porter de jugement. J'avais écrit à ma mère sans recevoir de réponse, et j'étais assez occupé par les copies de mon opéra, que je devais corriger, pour ne pas me soucier de Mlle Schniebel.

Je reçus alors de maman une lettre qui, dès l'abord, me surprit par ses dimensions tout à fait inusitées. C'était un acte d'accusation détaillé contre la compagne qui partageait son toit, où j'appris, par le menu, tous les manquements de cette personne à la paix domestique. Il était pénible à ma bonne mère de m'écrire ainsi. Si digne et mesurée que fût sa lettre, elle n'en était pas moins un aveu des désillusions subies. Non seulement ma mère donnait raison à l'antipathie que feu mon père et moi-même avions éprouvée pour la demoiselle Schniebel, mais elle était disposée à vendre la maison, si je le souhaitais encore, et à changer de résidence, à seul fin d'échapper à une compagne importune.

« Il serait peut-être bon que tu viennes toi-même, écrivait ma mère. Lucie sait en effet ce que je pense, et ce que je projette; elle a beaucoup de flair, mais nos relations sont trop tendues pour que je puisse lui dire les mots qu'il faudrait. Je lui ai laissé entendre que je préférais être de nouveau seule dans la maison, où elle n'est pas indispensable, mais elle ne veut pas comprendre mes allusions, et je ne veux pas provoquer un conflit. Je sais qu'elle glapirait et regimberait si je lui demandais ouvertement de s'en aller. Il faut donc mieux que tu viennes, et que tu règles tout. Je ne veux pas de scandale, elle ne doit pas se sentir frustrée, mais il faut lui parler clairement et avec fermeté. »

J'aurais été prêt à assommer la mégère si ma mère me l'avait demandé. Je me préparai joyeusement au voyage, et j'arrivai à la maison. Je remarquai, aussitôt, qu'un nouvel esprit régnait chez nous. Le grand salon, en particulier, avait pris un aspect morne et déplaisant, guindé et mesquin. Tout semblait laborieusement organisé. Le robuste plancher était semé de tapis étroits – longues bandes funèbres de vilain tissu bon marché – destinés à protéger le parquet et à éviter les lessivages. Le vieux piano à queue qui se trouvait depuis des années dans le salon était recouvert d'une housse de protection et, bien que ma mère eût préparé, pour mon arrivée, du thé et des gâteaux et tout embelli un peu, on sentait une odeur si indélébile de mesquinerie de vieille fille et de naphtaline que je souris aussitôt à ma mère, lorsqu'elle m'accueillit, et fronçai le nez, ce qu'elle comprit tout de suite.

J'étais à peine assis que la mégère entra, trottina vers moi, sur les tapis, et accepta les hommages que je lui prodiguai. Je m'enquis avec exactitude de sa santé, et j'excusai la vieille maison qui n'offrait peut-être pas toutes les commodités dont elle avait l'habitude. Sans tenir aucun compte de ma mère, elle joua le rôle de maîtresse de maison, examina le thé, répondit avec empressement à mes amabilités. Mon excessive courtoisie parut certes la flatter, mais l'inquiéter plus encore et éveiller sa méfiance. Tout en flairant une trahison, elle était obligée de répondre à mon affabilité et de faire elle-même étalage de toutes les politesses, un peu désuètes, dont elle disposait. Cependant que s'échangeaient ces assurances de dévouement et d'estime, la nuit vint. Nous nous souhaitâmes mutuellement, avec une grande cordialité, un très bon sommeil et nous nous séparâmes comme des diplomates de la vieille école. Je crois cependant que le mauvais génie de la maison passa une nuit désagréable, malgré mes douces paroles, alors que je dormis paisiblement et que ma pauvre mère se mit au lit, pour la première fois peut-être depuis longtemps, sans être offensée dans ses sentiments de maîtresse de maison.

Le lendemain, le même jeu délicat reprit au petit déjeuner. Ma mère qui, la veille, s'était contentée d'écouter, silencieuse et attentive, y participait à présent avec satisfaction, et nous traitâmes la Schniebel avec une aménité et une douceur qui la poussèrent dans ses retranchements et la désolèrent même, car elle sentait bien que les paroles de ma mère ne pouvaient venir du cœur. La vieille fille m'aurait presque fait pitié lorsque l'inquiétude l'envahit et qu'elle essaya de se faire toute petite en louant et en approuvant tout. Mais je pensai à la femme de chambre congédiée, à la mine insatisfaite de la cuisinière qui n'était restée que par égard pour ma mère; je pensai au piano enfermé dans sa housse et à toute cette morne et mesquine odeur répandue dans ma maison natale jadis si joyeuse; je restai inflexible.

Après le déjeuner, je priai ma mère de s'allonger un peu et je demeurai seul avec notre cousine.

« Peut-être avez-vous l'habitude de vous reposer un peu après le déjeuner? lui demandai-je poliment. Dans ce cas, je ne voudrais pas vous déranger. J'aurais à vous parler, mais cela n'a rien d'urgent.

– Oh! je vous en prie, je ne dors jamais pendant la journée. Dieu merci, je ne suis pas encore si vieille. Je suis toute à votre disposition.

– Merci beaucoup, chère mademoiselle. Je voulais vous remercier de toutes les bontés que vous avez eues pour ma mère. Sans vous, elle se serait sentie très isolée dans cette maison vide. Evidemment, ce sera différent désormais.

– Comment, s'écria-t-elle en sursautant. Qu'est-ce qui sera différent?

– Vous ne le savez pas encore? Maman a décidé d'exaucer enfin mon vœu et de venir vivre avec moi. Dans ces conditions, nous ne pouvons naturellement pas laisser la maison vide. Elle sera donc sans doute bientôt mise en vente. »

La demoiselle me fixa, décontenancée.

« Oui, j'en suis navré, poursuivis-je sur un ton plein de regrets. Mais pour vous cette période a tout de même été très fatigante. Vous vous êtes occupée de cette maison avec tant de gentillesse et de sollicitude que je ne peux vous en remercier assez.

– Mais moi, que vais-je... où irai-je...?

– Allons, cela s'arrangera bien. Il vous faudra certes chercher un nouveau logis, mais rien ne presse, naturellement. Vous serez vous-même contente de retrouver le calme. »

Elle s'était levée. Le ton dont elle usait était encore poli, mais d'une sécheresse qui donnait à réfléchir.

« Je ne sais que dire, s'écria-t-elle d'une voix aigre. Votre mère, monsieur, m'a promis de m'héberger ici. C'était fermement convenu; et maintenant, alors que je me suis chargée de la maison, que j'ai aidé votre mère pour tout, voilà qu'on me met à la rue! »

Elle se mit à sangloter et voulut s'en aller. Mais je saisis sa main maigre et la fis rasseoir sur son siège.

« Ce n'est pas bien grave, dis-je en souriant. Ma mère veut partir d'ici, c'est ce qui modifie la situation. De plus, ce n'est pas elle qui a décidé la vente de la maison, c'est moi, car j'en suis le propriétaire. Ne vous gênez pas pour le choix de votre nouveau logement que, bien entendu, ma mère compte prendre à sa charge. Vous vivrez ainsi plus confortablement que jusqu'à présent et vous serez encore, en quelque sorte, son hôte. »

Vinrent alors les objections auxquelles je m'attendais. Tour à tour, elle fit la fière et pleura, supplia et prit de grands airs; à la fin, elle s'aperçut que le plus sage était de céder. Elle se retira dans sa chambre et ne reparut pas, même pour le café. Ma mère était d'avis que nous devions le lui faire monter mais, après tant de politesses, je voulais me venger un peu et je laissai Mlle Schniebel manifester son opposition jusqu'au soir; elle reparut alors, pour le repas, silencieuse et morose, mais ponctuelle.

« Je dois malheureusement retourner à R. dès demain, dis-je pendant le dîner. Mais si tu avais besoin de moi, maman, je peux toujours revenir rapidement. »

En prononçant ces mots, je ne regardais pas ma mère mais sa cousine, et elle remarqua l'intention. Je pris congé d'elle rapidement, mais presque avec cordialité.

« Mon enfant, me dit ensuite ma mère, tu as tout fait pour le mieux, et je dois t'en remercier. Ne veux-tu pas me jouer un passage de ton opéra? »

Nous n'en eûmes pas le temps, mais le fossé se comblait entre nous, et l'entente commençait à se faire jour entre la vieille femme et moi. Ce fut le résultat le plus important de cette affaire. Ma mère avait confiance en moi, et je me réjouissais de m'installer bientôt avec elle dans un petit logis et de retrouver un foyer dont j'étais privé depuis longtemps. Je repartis satisfait, en la priant de transmettre mes meilleures salutations à la vieille demoiselle. Dès mon retour, je me mis à loisir en quête de jolis petits appartements à louer. Teifer m'aida, ainsi que sa sœur et tous deux partageaient ma joie en espérant une agréable intimité entre les deux familles.

Entre-temps mon opéra était parvenu à Munich. Deux mois plus tard, peu avant l'arrivée de ma mère, Muoth m'écrivit qu'on l'avait accepté, mais qu'il ne serait pas représenté avant le début de l'hiver suivant. J'avais donc une bonne nouvelle pour ma mère, et Teifer, lorsqu'il l'apprit, organisa une fête au cours de laquelle il dansa de joie.

Ma mère pleura quand elle emménagea dans notre jolie petite maison entourée d'un jardin, et déclara qu'il n'était pas bon d'être transplantée, à son âge, dans un sol étranger. Mais moi, je trouvais cela très bien, les Teifer aussi, et Brigitte aida ma mère et la seconda si bien que c'en était un plaisir. La jeune fille connaissait peu de personnes en ville, et souvent, pendant que son frère était au théâtre, elle restait seule à la maison, mais son caractère n'en portait nulle trace. Désormais elle vint beaucoup chez nous et, non contente de nous aider à nous installer et à nous habituer, elle nous aida aussi, ma mère et moi, à nous engager sur la voie difficile d'une vie commune paisible et amicale. Quand j'avais besoin de calme et voulais être seule, elle savait le faire comprendre à la vieille femme; elle l'aidait alors et me remplaçait. Elle m'informait des souhaits de ma mère, que je ne pouvais deviner et dont celle-ci ne m'aurait pas fait part. Nous eûmes ainsi rapidement un petit foyer plein de quiétude, différent de ce que j'avais imaginé autrefois, et plus humble, mais bien assez bon pour quelqu'un qui, comme moi, n'avait pas été capable d'obtenir mieux par lui-même.

Ma mère apprit à comprendre ma musique. Elle n'approuvait pas tout et ne commentait presque rien, mais elle constatait que mon travail n'était ni de l'amusement ni du jeu. Surtout, elle découvrait avec surprise que notre vie de musiciens, qu'elle avait imaginée très semblable à celle des saltimbanques, était à peine moins bourgeoise et laborieuse que celle qu'avait menée mon père, par exemple. Nous pouvions aussi mieux parler de lui et, peu à peu j'entendis mille histoires sur elle et lui, sur mes grands-parents et sur ma propre enfance. Le passé et la famille m'étaient chers, ils n'étaient plus étrangers pour moi. Ma mère, par contre, respectait en confiance ma liberté, même si, en période de travail, je m'enfermais et devenais irritable. La vie très heureuse qu'elle avait menée avec mon père lui avait fait paraître d'autant plus pénible le temps passé en compagnie de Mlle Schniebel. Elle parla de moins en moins de sa vieillesse.

Dans le modeste bonheur et le bien-être qui m'entouraient, la douleur et l'insatisfaction que j'avais connues s'estompaient, reposant, sans disparaître tout à fait, au fond de mon âme. Certaines nuits, cette cruelle amertume s'imposait à moi et faisait valoir ses droits. Plus le passé semblait s'éloigner, plus l'image de mon amour et de ma douleur prenait du relief et se rappelait silencieusement à ma mémoire.

J'avais parfois cru savoir ce qu'est l'amour. Dans mon adolescence, ébloui par la charmante et frivole Lydie, je m'étais figuré le connaître. Il en avait été de même quand, voyant Gertrude pour la première fois, je sentis qu'elle apportait la réponse à mes questions, une consolation à mes obscurs désirs. Quand la souffrance vint et que l'amitié et la clarté se transformèrent en passion et confusion, lorsque Gertrude fut perdue pour moi, je pensai que tout cela aussi, c'était l'amour. Il demeurait en moi, et je savais que jamais plus je n'éprouverais de désir pour une femme et ne souhaiterais recevoir le baiser d'aucune.

Le père de Gertrude, auquel je rendais parfois visite, semblait enfin comprendre quel avait été mon attachement pour elle. Il me pria de lui prêter le prélude que j'avais composé pour le mariage de sa fille et il me témoignait une tranquille bienveillance. Il lui était facile de sentir combien j'aimais entendre parler d'elle, tout en me refusant à poser des questions, et il me parlait beaucoup du contenu de ses lettres. Il y était fréquemment question de moi, de mon opéra en particulier. Elle écrivait que l'on avait trouvé une bonne cantatrice pour le rôle de soprano, et qu'elle se réjouissait beaucoup de pouvoir enfin entendre dans son ensemble cette œuvre qui lui était déjà si familière. Elle était contente de savoir ma mère auprès de moi. Je ne sais ce qu'elle écrivait au sujet de Muoth.

Ma vie s'écoulait paisiblement, les remous des profondeurs n'agitaient plus la surface. Je travaillais à une messe, et je songeais à un oratorio pour lequel je n'avais pas encore de paroles. Lorsque j'étais obligé de penser à mon opéra, c'était un univers étranger pour moi. Ma musique suivait une inspiration nouvelle, elle était plus simple et plus froide, elle voulait consoler et non plus bouleverser.

A cette époque, Teifer et sa sœur me furent particulièrement précieux. Nous nous voyions presque tous les jours, nous lisions, faisions de la musique et des promenades ensemble, nous organisions des fêtes et des excursions. Nous ne nous séparâmes qu'en été, pour quelques semaines, car je ne voulais pas être une gêne pour ces alertes promeneurs. Les Teifer firent de grandes courses dans le Tyrol et le Vorarlberg, et ils envoyèrent de petites boîtes avec des edelweiss. Quant à moi, j'avais emmené ma mère dans le Nord de l'Allemagne, chez des parents qui l'invitaient depuis des années, et je m'étais installé au bord de la mer du Nord. J'écoutais jour et nuit l'antique chant de la mer et, dans l'air marin frais et rude, je suivais le fil de mes pensées et de mes mélodies. C'est là que je trouvai pour la première fois le courage d'écrire à Gertrude, à Munich; mais ce n'était pas à Mme Muoth, c'était à mon amie Gertrude que je parlais de ma musique et de mes rêves. « Peut-être cela lui fera-t-il plaisir, pensai-je, et peut-être un souvenir amical et consolant sera-t-il le bienvenu. » Car malgré moi, je ne parvenais pas à faire confiance à mon ami Muoth, et j'éprouvais toujours une légère inquiétude au sujet de Gertrude. Je le connaissais trop bien cet homme obstinément mélancolique qui avait coutume de suivre son humeur sans jamais faire de concession, qu'entraînaient et dominaient d'obscures impulsions et qui assistait parfois à sa propre vie comme à une tragédie. Si l'on était malade quand on se sentait solitaire et incompris, comme le prétendait ce bon M. Lohe, alors Muoth était, plus que quiconque, atteint de cette maladie.

Je n'avais aucune nouvelle de lui. Gertrude elle-même ne me répondit que par de brefs remerciements, et une invitation à venir dès le début de l'automne à Munich où l'on continuerait à étudier mon opéra dès le commencement de la saison.

Dans les premiers jours de septembre, lorsque nous fûmes tous revenus dans la ville et que nous eûmes repris notre vie habituelle, une réunion eut lieu un soir, chez moi, pour examiner mon travail de l'été dont l'essentiel était un petit poème symphonique pour deux violons et piano. Nous le jouâmes. Brigitte Teifer était au piano, par-dessus ma partition je pouvais voir sa tête que couronnaient de lourdes nattes blondes éclairées par l'or des chandelles. Son frère était debout à côté d'elle et jouait le premier violon. C'était une œuvre simple, semblable à un *lied*, un peu plaintive, et dont la mélodie se perdait en une douceur vespérale, sans gaieté ni amertume, mais fondue en un rêve crépusculaire comme un nuage qui jette ses derniers feux après le coucher du soleil. Ce petit morceau plut aux Teifer, et surtout à Brigitte. Elle n'avait pas l'habitude de me parler de ma musique; elle restait silencieuse, très sage, en une sorte de vénération de jeune fille, et elle se contentait de me regarder avec admiration, car elle me tenait pour un grand maître. Ce soir-là, elle prit son courage à deux mains et me fit part du plaisir tout particulier qu'elle avait eu. Ses yeux bleus clairs brillaient d'une flamme intense, et elle baissait la tête, si bien que la lumière dansait sur ses nattes blondes. Elle était très jolie, presque belle.

Pour lui faire plaisir, j'écrivis sur sa partition pour piano : « A mon amie Brigitte Teifer », et je lui rendis la feuille.

« Que ces mots restent pour toujours sur cette petite mélodie », lui dis-je aimablement, en lui faisant un compliment. Elle lut la dédicace, son visage devint tout rose et elle me tendit sa petite main vigoureuse. Ses yeux s'emplirent alors de larmes.

« Est-ce bien sérieux? demanda-t-elle doucement.

– Mais sans doute, répliquai-je en riant. Et je trouve que ce petit morceau vous convient assez bien, mademoiselle Brigitte. »

Son regard, encore mouillé de larmes, me surprit tant il était grave et féminin. Mais je n'y prêtai pas autrement attention. Teifer reposait son violon et ma mère, qui connaissait déjà ses goûts, versait du vin dans les verres. La conversation s'anima, nous parlâmes d'une nouvelle opérette que l'on représentait depuis quelques semaines. Le petit incident avec Brigitte ne me revint à l'esprit que tard dans la soirée, au moment où l'on se quitta et quand elle fixa sur moi un regard étrangement inquiet.

Entre-temps, on commençait à étudier mon œuvre à Munich. Comme le rôle principal ne pouvait être en de meilleures mains que celles de Muoth, et comme Gertrude avait fait aussi l'éloge du soprano, l'orchestre et les chœurs furent mes principales préoccupations. Je laissai ma mère sous la garde de mes amis et je partis pour Munich.

Le matin qui suivit mon arrivée, je parcourus les belles et larges avenues qui mènent à Schwabing[1] et à la maison tranquille et isolée où habitait Muoth. J'avais complètement oublié mon opéra, je ne pensais qu'à lui et à

1. Quartier des artistes et des étudiants à Munich.

Gertrude, et je me demandais comment je les trouverais. La voiture s'arrêta dans une rue latérale presque campagnarde, devant une petite maison qu'entouraient des arbres couleur d'automne. Des petits tas de feuilles de platanes jaunies bordaient le chemin. Le cœur serré, j'entrai; la maison avait un aspect confortable et imposant, un domestique prit mon manteau.

Dans la grande pièce où je fus introduit, je reconnus deux des grands tableaux anciens qui provenaient de la maison de M. Imthor. A un autre mur était accroché un portrait récent de Muoth, peint à Munich. Pendant que je le considérais, Gertrude entra.

Mon cœur battit lorsque, après si longtemps, je la regardai dans les yeux. Son sourire éclairait un visage transformé, un visage de femme plus sévère et plus mûr, mais empreint de l'ancienne amitié, et elle me tendit la main avec cordialité.

« Allez-vous bien? me dit-elle. Vous avez changé, mais vous avez bonne mine. Nous vous attendons depuis longtemps déjà. »

Elle me demanda des nouvelles de tous nos amis, de son père, de ma mère, et, comme elle s'animait un peu et perdait sa timidité première, je la retrouvai telle qu'elle était autrefois. Mon embarras disparut sans que je m'en fusse aperçu, je parlai de l'été au bord de la mer, de mon travail, des Teifer, et même, à la fin, de la pauvre Mlle Schniebel.

« Eh bien, s'écria-t-elle, on va donc jouer votre opéra. Vous devez vous en réjouir.

– Oui, dis-je, mais ce qui me réjouit le plus, c'est de vous entendre chanter de nouveau. »

Elle me fit un signe d'assentiment :

« Je m'en réjouis aussi. Je chante beaucoup, mais c'est presque toujours pour moi-même, toute seule. Nous allons chanter tous vos *lieder*, ils sont toujours à portée de main, et la poussière n'a pas le temps de s'y déposer, chez moi. Restez déjeuner avec nous, mon mari doit rentrer bientôt, il vous accompagnera chez le chef d'orchestre cet après-midi. »

Nous entrâmes alors dans le salon de musique, je m'assis au piano, et elle chanta mes *lieder* d'autrefois; je gardais le silence et j'avais du mal à rester gai. Sa voix avait mûri, elle était plus assurée, mais elle s'envolait sans effort, avec autant de légèreté que naguère. Elle pénétrait, avec le souvenir des plus beaux jours de ma vie, jusqu'au fond de mon cœur, si bien que, penché sur les touches, je me sentais comme envoûté. Je jouais doucement les notes anciennes et, par instants, les yeux fermés, attentif, je n'étais plus capable de distinguer le présent du passé. Ne m'appartenait-elle pas, n'appartenait-elle pas à ma vie? N'étions-nous pas aussi proches l'un de l'autre que frère et sœur, que des amis intimes? Certes, avec Muoth elle avait chanté autrement!

Nous restâmes assis un certain temps, à bavarder, contents, et sans avoir grand-chose à nous dire, car nous sentions que nous n'avions pas besoin de nous expliquer. Pour l'instant, je ne me demandais pas si elle était heureuse et où elle en était avec son mari, je me disais que j'aurais bien l'occasion de le savoir. En tout cas, elle ne s'était pas écartée de sa route, elle était restée fidèle à elle-même, et si elle n'était pas heureuse, s'il lui fallait supporter un fardeau, elle le supportait avec dignité et sans amertume.

Au bout d'une heure, Henri, qui était informé de ma présence, arriva. Il me parla tout de suite de mon opéra, que chacun semblait prendre plus à cœur que moi. Je lui demandai s'il se plaisait à Munich.

« Comme partout, dit-il avec sérieux. Le public ne m'aime pas, car il sent que je ne me soucie pas de lui. On m'accueille rarement bien, il faut chaque fois que j'entraîne les gens pour qu'ils soient pris. J'ai du succès, sans être aimé. Il m'arrive, il est vrai, de chanter de façon lamentable, je dois en convenir moi-même. Ton opéra sera un succès, tu peux y compter, pour toi et pour moi.

Nous allons voir le chef d'orchestre, demain nous inviterons le soprano, et d'autres personnes si tu le veux. Demain matin, il y aura une répétition de l'orchestre. Je crois que tu seras satisfait. »

A table, je pus observer qu'il faisait preuve d'une exceptionnelle courtoisie envers Gertrude, ce qui ne me plut pas du tout. Et il en fut de même tant que je restai à Munich et que je les vis tous les jours. Ils formaient un couple magnifique, très beaux tous deux, et on les remarquait partout où ils allaient. Pourtant, une certaine froideur régnait entre eux, et je pensais que seules la force de Gertrude et sa supériorité intérieure la rendaient capable de transformer cette froideur en politesse et de lui donner une apparence de dignité. Elle semblait ne s'être éveillée que depuis peu de sa passion pour ce bel homme et espérer encore le retour du profond sentiment qu'elle avait perdu. De toute façon, c'était elle qui le contraignait à sauver, lui aussi, les apparences. Elle était trop distinguée et trop bonne pour jouer, même devant des amis, le rôle de femme déçue et incomprise et pour dévoiler à quiconque sa souffrance secrète, bien qu'elle ne pût me la dissimuler. Mais, même de ma part, elle n'aurait pas admis le moindre regard, le moindre signe de compréhension ou de pitié. Nous nous conduisions comme si aucun nuage n'eût troublé son union.

On pouvait assurément se demander combien de temps cette situation se prolongerait; cela dépendait tout à fait de Muoth et, pour la première fois, je voyais qu'une femme mettait un frein à ses réactions imprévisibles. Ils me faisaient pitié, mais je n'étais pas très surpris de constater cet état de choses. Tous deux avaient subi leur passion, elle les avait comblés; ils ne voulaient ni apprendre à renoncer et à garder un souvenir mélancolique des jours heureux, ni trouver une voie qui les conduisît vers un nouveau bonheur, un nouvel amour. Un enfant les rapprocherait peut-être, sans leur ouvrir pour autant le paradis perdu de la passion, mais leur donnerait la bonne volonté nécessaire pour vivre ensemble et s'adapter l'un à l'autre. Gertrude avait assez de force et de sérénité intérieure pour y parvenir, je le savais. Mais je préférais ne pas me demander si Muoth était capable du même effort. Malgré le sentiment de pitié que j'éprouvais pour eux en voyant que la belle et haute flamme de leur passion réciproque était déjà tombée, je constatais avec plaisir qu'ils faisaient tous deux bonne figure, non seulement en présence de tiers, mais qu'ils avaient encore gardé leur beauté et leur dignité l'un vis-à-vis de l'autre.

Je ne pouvais toutefois accepter d'habiter chez Muoth, comme il me le proposa, et il n'insista pas. J'allais chez eux tous les jours, et j'avais plaisir à voir que Gertrude aimait me recevoir et se réjouissait de bavarder et de faire de la musique avec moi, si bien que je n'étais pas uniquement leur obligé.

Il était certain que mon opéra serait représenté en décembre. Je restai deux semaines, je pris part à toutes les répétitions de l'orchestre, je dus faire quelques corrections et adaptations, mais je voyais que l'œuvre était en bonnes mains. Il me semblait étrange de voir les chanteurs et les cantatrices, les violonistes et les flûtistes, le chef d'orchestre et le chœur s'occuper de mon travail, alors qu'il m'était devenu étranger et que la vie qui l'animait n'était plus la mienne.

« Attends un peu, me disait parfois Henri Muoth, tu vas bientôt respirer l'air empesté de la célébrité. Je voudrais presque te souhaiter un échec. Car la meute va te traquer ensuite, tu pourras bientôt faire commerce de tes mèches de cheveux et de tes autographes, et tu verras avec quel bon goût et quelle amabilité le vulgaire t'adorera. Tout le monde parle déjà de ta jambe estropiée. Ce genre de choses rend populaire. »

Après les répétitions, je repartis pour ne revenir que quelques jours avant la première. Teifer ne cessait de me poser des questions sur la représentation, il pensait à mille détails auxquels j'avais à peine prêté attention, et il attendait l'événement avec beaucoup plus d'agitation et d'inquiétude que moi-même. Lorsque je l'invitai à assister, en compagnie de sa sœur, à la première représentation, il bondit de joie. Ma mère, par contre, ne voulut prendre part ni au voyage hivernal ni à l'agitation, ce qui ne me fut pas désagréable. Peu à peu, l'énervement me gagna tout de même, et je dus boire le soir un verre de vin rouge pour arriver à m'endormir.

L'hiver fut précoce, et notre petite maison, au milieu de son jardin,. était entourée d'une épaisse couche de neige lorsqu'un matin Teifer et sa sœur vinrent me chercher en voiture. Ma mère nous fit des signes d'adieu de la fenêtre, la voiture partit, et du fond d'un gros cache-nez, Teifer chanta une chanson de route. Pendant tout le long voyage en chemin de fer, il se conduisit comme un enfant qui part pour les vacances de Noël, et la charmante Brigitte rayonnait comme lui, mais d'une joie plus tranquille. J'étais content d'être en leur compagnie, car j'avais perdu mon calme, et j'allais au-devant des événements des jours suivants comme un condamné.

Muoth, qui nous attendait à la gare, s'en aperçut aussitôt.

« Tu as le trac, mon garçon, me dit-il en éclatant d'un rire joyeux. Dieu en soit loué! Car tu es tout de même un musicien et pas un philosophe. »

Sur ce point, il semblait avoir raison, car mon agitation dura jusqu'à la représentation, et je n'ai guère dormi ces nuits-là. De nous tous, Muoth seul était calme. Teifer se consumait d'inquiétude, il venait à toutes les répétitions et se livrait à des critiques sans fin. Ramassé sur lui-même, aux aguets, il restait assis à côté de moi. Aux passages délicats, il battait la mesure avec son poing, il approuvait ou secouait la tête.

« Mais il manque une flûte ici! s'écria-t-il dès la première répétition de l'orchestre, si fort que le chef d'orchestre se tourna involontairement vers nous.

– Nous avons dû la supprimer, dis-je en souriant.

– La flûte? la supprimer? pourquoi donc? Quelle barbarie! Prends garde, ils finiront par gâcher toute ton ouverture! »

Je ne pus m'empêcher de rire, tant il prenait la chose à cœur. A son passage préféré, dans l'ouverture, quand les altos et les violoncelles attaquent, il rejeta la tête en arrière, les yeux fermés. Il se cramponna à ma main et murmura, honteux :

« Oui, les larmes me sont montées aux yeux. C'est diablement beau. »

Je n'avais pas encore entendu le soprano. J'éprouvais un sentiment étrange et douloureux en écoutant pour la première fois une voix nouvelle chanter ce rôle. La cantatrice s'en tirait bien, et je lui fis mes remerciements, mais, au fond de moi, je pensais aux après-midi où Gertrude avait chanté ces paroles et, sans vouloir me l'avouer, je me sentais mal à l'aise, triste, comme lorsque l'on revoit pour la première fois, entre des mains étrangères, un objet précieux dont on a fait cadeau.

Je vis peu Gertrude pendant ces journées, elle observait en souriant ma fébrile agitation et me laissait tranquille. Je lui avais rendu visite avec les Teifer, et elle avait réservé à Brigitte, qui contemplait avec admiration cette belle femme pleine de distinction, un accueil enjoué et affectueux. Depuis, la jeune fille avait pris feu et flamme pour la belle dame, et ne tarissait pas d'éloges, sur lesquels son frère renchérissait.

Je ne peux pas me souvenir exactement des deux jours qui précédèrent la représentation, je vivais en pleine confusion. D'autres émotions s'ajoutèrent : un chanteur s'enroua, un autre était offensé de ne pas avoir un rôle plus important et se conduisit très mal pendant les dernières répétitions, le chef d'orchestre se montrait de plus en plus froid et réservé lorsque je trouvais encore à redire. Muoth me soutenait à l'occasion, il affrontait tout ce tumulte avec un sourire parfaitement calme et, dans ces circonstances, il m'était d'un bien plus grand secours que le bon Teifer, qui se précipitait en tous sens comme un feu follet et dénigrait tout. Brigitte me considérait avec respect, mais avec un peu de compassion aussi, lorsque, aux heures tranquilles, nous étions assis ensemble à l'hôtel, déprimés et assez silencieux.

Le soir de la représentation, pendant que la salle se remplissait, je restai derrière la scène, sans rien pouvoir faire ni donner le moindre conseil. A la fin, je rejoignis Muoth qui était déjà en costume et qui, à l'écart du vacarme, vidait lentement, dans une petite loge, une demi-bouteille de champagne.

« En veux-tu un verre? me demanda-t-il affectueusement.

– Non, dis-je. Est-ce que cela ne t'excite pas?

– Quoi? Le tapage? C'est toujours la même chose.

– Non, le champagne.

– Pas du tout, il me calme. J'en prends toujours un verre ou deux quand je veux faire quelque chose de bien. Mais maintenant va-t'en, c'est l'heure. »

On me conduisit à la loge où se trouvaient déjà Gertrude, les Teifer et une personnalité de la direction du théâtre qui me sourit. Aussitôt nous entendîmes le second coup, Gertrude me jeta un regard amical en me faisant un signe de tête. Teifer, qui était assis derrière moi, saisit mon bras et me pinça désespérément. Les lumières s'éteignirent. Et mon ouverture, solennelle, s'éleva des profondeurs vers moi. Je devins alors plus calme.

Mon œuvre se dressait et retentissait devant moi, bien connue et pourtant étrangère. Elle n'avait plus besoin de moi, elle avait sa vie propre. Les joies et les peines des derniers jours, les espoirs et les nuits sans sommeil, la passion et la nostalgie de cette période se détachaient de moi et m'apparaissaient comme sous un déguisement. Les émotions d'heures secrètes résonnaient librement dans la salle et gagnaient mille cœurs étrangers. Muoth entra et commença avec retenue, puis sa voix s'éleva et il se donna tout à fait, emporté par sa fougue sombre et naturelle. La cantatrice lui répondit en notes claires, hautes et aériennes. Il y eut alors un passage qui résonnait encore à mon oreille tel que je l'avais entendu autrefois de la voix de Gertrude. C'était un hommage, un discret aveu de mon amour pour elle. Je me tournai de son côté, et je vis son regard pur et calme qui me comprenait et m'offrait son amitié. L'espace d'un instant, je sentis que le sens profond de toute ma jeunesse m'enveloppait de son parfum subtil comme celui d'un fruit mûr.

Dès lors, je trouvai l'apaisement, et j'écoutai comme un spectateur. On applaudit, les chanteurs et les cantatrices apparurent devant le rideau et saluèrent, Muoth eut plusieurs rappels et sourit avec froideur à la salle éclairée. On insista aussi pour que je me montre; mais j'étais beaucoup trop étourdi, et je n'avais pas non plus envie de sortir en boitant de mon agréable cachette.

Teifer, par contre, riait et rayonnait de joie, il me serrait dans ses bras, et il secoua même les deux mains du représentant de la direction, sans que celui-ci l'eût souhaité.

Le festin était prêt et aurait eu lieu même après un échec. Nous y partîmes en voiture, Gertrude avec son mari, les Teifer avec moi. Au cours du bref trajet, Brigitte, qui n'avait encore dit mot, se mit soudain à pleurer. Elle essaya de s'en défendre et de se maîtriser, mais elle cacha son visage dans ses mains et laissa couler ses larmes. Je ne savais que dire, et j'étais surpris que Teifer se tût lui aussi et ne lui posât pas de question. Il entoura seulement sa sœur de son bras et émit quelques grognements de consolation bienveillants, comme pour apaiser un enfant.

Lorsque vinrent les poignées de main, les vœux de bonheur et les toasts, Muoth cligna de l'œil vers moi d'un air sarcastique. On m'interrogea avec empressement sur ma prochaine œuvre, et l'on fut déçu lorsque je dis que ce serait un oratorio. Puis on but à mon prochain opéra, qui jusqu'à ce jour n'est pas écrit.

Ce ne fut que tard dans la nuit, quand nous eûmes réussi à nous libérer et que nous rentrâmes nous coucher, que je pus demander à Teifer ce qu'avait sa sœur et pourquoi elle avait pleuré. Elle était elle-même au lit depuis longtemps. Mon ami me jeta un regard inquisiteur et quelque peu surpris, il secoua la tête et sifflota jusqu'à ce que je répète ma question.

« Mais tu es myope comme une taupe, me dit-il alors d'une voix pleine de reproches, tu n'as donc jamais rien remarqué ?

– Non, dis-je avec une intuition de plus en plus claire de la vérité.

– Allons, je peux bien te le dire. Elle t'aimait bien, depuis longtemps déjà. Naturellement, elle ne m'en a jamais rien dit, pas plus qu'à toi, mais je l'ai remarqué et, pour parler franc, j'aurais été content d'une heureuse conclusion.

– Quel dommage ! dis-je avec un sincère regret. Mais pourquoi ce soir... ?

– Ses sanglots ? Tu es vraiment un enfant ! Crois-tu que nous n'ayons rien vu ?

– Quoi donc ?

– Mon Dieu ! Tu n'as évidemment pas besoin de m'en parler, et il vaut mieux que tu ne l'aies jamais fait; mais alors tu n'aurais pas dû non plus regarder ainsi Mme Muoth. Maintenant, nous savons. »

Je le priai de garder mon secret, je pouvais être sûr de lui. Il posa doucement sa main sur mon épaule.

« Je peux deviner quantité de choses à présent, mon bon ami, tu as dû beaucoup souffrir pendant toutes ces années et tu as su n'en rien dire. Autrefois, il m'est arrivé la même chose, à moi aussi. Maintenant, nous allons nous soutenir mutuellement et faire de la belle musique, n'est-ce pas ? Nous ferons notre possible pour que cette brave enfant se console. Voilà, donne-moi la main, c'était beau! Et au revoir, à la maison! Je pars demain matin avec ma sœur. »

Nous nous séparâmes, mais quelques instants plus tard il revint en courant et me dit avec insistance :

« Ecoute-moi, pour la prochaine représentation, il faut remettre la flûte, n'est-ce pas? »

C'est ainsi que prit fin ce jour de joie, et chacun de nous suivit encore longtemps, sans s'endormir, le tourbillon de ses pensées. Je songeais à Brigitte. Elle avait vécu tous ces derniers temps près de moi, et je n'avais eu pour elle qu'une bonne camaraderie, et je n'avais rien voulu avoir d'autre, exactement comme Gertrude envers moi. Et lorsqu'elle avait deviné mon amour pour une autre, elle avait éprouvé les mêmes sentiments que moi au moment où j'avais découvert la lettre chez Muoth et chargé le revolver. Malgré la tristesse que je ressentais, je ne pouvais pourtant que sourire.

Je passai presque entièrement mes derniers jours à Munich chez Muoth. Ce n'était plus la même intimité que celle des après-midi où nous avions commencé à jouer et à chanter ensemble; mais la représentation brillait encore en nous de ses derniers feux. Elle éveillait des souvenirs communs de ces moments-là et parfois aussi une étincelle entre Gertrude et son mari. Après que j'eus pris congé, je regardai un moment, de l'extérieur, la paisible maison au milieu des arbres hivernaux; j'espérais y revenir encore souvent, et j'aurais volontiers cédé ma petite part de satisfaction et de bonheur pour aider les deux êtres qui habitaient là à se retrouver à jamais.

COMME me l'avait annoncé Henri, je subis après mon retour les multiples conséquences désagréables, et même ridicules parfois, du succès et de la célébrité. Il me fut facile de me débarrasser des affaires, car je confiai l'opéra à un agent. Mais je reçus aussi des visites, des journalistes, des éditeurs, des lettres extravagantes, et il me fallut un certain temps pour m'accoutumer aux inconvénients d'une brusque célébrité et me remettre de ma première désillusion. Les gens ont une curieuse façon de s'arroger des droits sur un nom connu, et l'on ne fait pas de différence entre un enfant prodige, un compositeur, un poète et un voleur assassin. L'un veut une photo, l'autre un autographe, un autre encore de l'argent. Les débutants envoient leurs travaux à la personnalité en renom, la flattent et lui demandent son avis; et si elle ne répond pas ou dit ce qu'elle pense, les mêmes adorateurs se changent en furieux. Les journaux, les revues veulent publier la photo de l'homme du jour et raconter sa vie. Des camarades de classe se rappellent à son souvenir, et des parents éloignés prétendent avoir affirmé bien des années auparavant que leur cousin serait un jour célèbre.

Parmi ces lettres qui m'embarrassaient et m'affligeaient, il y en eut une de Mlle Schniebel, qui nous amusa, et une autre d'une personne à laquelle je n'avais plus du tout pensé depuis longtemps : la charmante Lydie. Elle m'écrivait, sans faire allusion à notre descente en luge, comme une vieille et fidèle amie. Elle avait épousé un professeur de musique de sa ville et me donnait son adresse afin que je lui envoie mes œuvres dédicacées. Elle avait joint à sa lettre une photo sur laquelle je retrouvais ses traits, vieillis et plus vulgaires. Je lui fis une réponse aussi amicale que possible.

Le vieux M. Imthor ne recevait plus autant qu'autrefois, quand sa fille habitait avec lui. Mais, toutes les trois semaines, il donnait une soirée d'excellente musique de chambre, à laquelle j'assistais régulièrement. Quelquefois, j'amenais Teifer. Imthor tenait à ce que je lui rende visite en dehors de ses réceptions. Je venais donc parfois en début de soirée. C'était son heure préférée, il m'accueillait dans son bureau, austère et sombre, où était accroché un portrait de Gertrude. Comme, peu à peu, des rapports froids en apparence mais durables s'étaient établis entre nous, comme nous éprouvions tous deux le besoin de parler, il n'était pas rare que notre conversation portât sur ce qui nous tenait le plus au cœur. Je lui parlai de Munich, et je ne lui cachai pas l'impression que j'avais ressentie en voyant vivre le jeune couple.

« Tout peut encore s'arranger, sans doute, disait Imthor en soupirant, mais nous ne pouvons rien faire. Je pense avec joie à l'été; pendant deux mois j'aurai mon enfant. Je n'aime pas aller la voir à Munich, je le fais rarement; son attitude est si courageuse que je ne dois pas la gêner ni l'affaiblir. »

Les lettres de Gertrude ne nous apprenaient rien de nouveau. Mais lorsqu'elle vint, aux environs de Pâques, faire une visite à son père et se rendit aussi chez nous, elle nous sembla amaigrie et tendue, et bien qu'elle s'efforçât d'être enjouée, nous vîmes à plusieurs reprises ses yeux soudain graves envahis d'un inhabituel désespoir. Je lui jouai mes œuvres récentes, mais lorsque je la priai de chanter quelque chose, elle secoua la tête avec un regard de dénégation.

« Une autre fois, je chanterai », dit-elle d'une voix mal assurée.

Nous voyions tous qu'elle n'allait pas bien, et son père m'avoua par la suite qu'il lui avait proposé de rester définitivement auprès de lui. Elle n'avait pas accepté.

« Elle l'aime », dis-je.

Il haussa les épaules et me regarda d'un air soucieux.

« Ah! je ne sais pas, dit-il. Qui peut s'y reconnaître, dans toute cette détresse! Elle dit que c'est pour lui, si déprimé, si malheureux, qu'elle reste, et qu'il a besoin d'elle plus qu'il ne le croit lui-même. Il ne lui en dit rien, mais c'est écrit sur son visage. »

Le vieil homme baissa la voix et murmura faiblement :

« Elle dit qu'il boit.

– Il a toujours bu un peu, lui dis-je pour le rassurer, mais je ne l'ai jamais vu ivre. Il se surveille. C'est un homme nerveux qui ne peut se maîtriser, mais qui souffre peut-être plus lui-même de sa nature qu'il ne fait souffrir les autres. »

Aucun de nous ne savait combien ces deux êtres beaux et altiers souffraient en silence. Je ne crois pas qu'ils aient jamais cessé de s'aimer. Mais ils ne parvenaient pas à s'entendre profondément, ils ne se rejoignaient que dans l'émotion et dans l'éclat d'heures intenses. Muoth n'avait jamais connu l'acceptation sereine et grave de la vie, l'épanouissement apaisé que l'on trouve dans la pureté de sa propre nature, et Gertrude ne pouvait que supporter avec compassion ses emportements et ses pensées sombres, ses dépressions suivies de brusques enthousiasmes, son désir incessant de s'oublier lui-même et sa griserie, sans les partager ni modifier un tel comportement. C'est ainsi qu'ils s'aimaient et tandis que l'espoir secret que nourrissait Henri de trouver, grâce à Gertrude, la paix et la satisfaction, était déçu, elle était obligée de constater avec douleur que le sacrifice qu'elle avait voulu était vain, qu'elle ne pouvait apaiser son mari et le sauver de lui-même. Leurs rêves, leurs vœux les plus chers étaient anéantis, ils ne pouvaient rester ensemble qu'au prix de sacrifices et de ménagements auxquels ils avaient le courage de consentir.

Je ne revis Henri qu'en été, lorsqu'il amena Gertrude chez son père. Il avait pour elle comme pour moi de délicates attentions que je ne lui avais jamais connues; je voyais bien qu'il craignait de la perdre, et je sentis aussi qu'il ne le supporterait pas. Quant à elle, elle était lasse et n'aspirait qu'au calme et à des jours paisibles pour se ressaisir, retrouver ses forces et une humeur égale. Nous passâmes une tiède soirée dans notre jardin. Gertrude était assise entre ma mère et Brigitte dont elle tenait la main, Henri allait et venait sans bruit entre les rosiers et, sur la terrasse, je jouais une sonate pour violon avec Teifer. Au fond de mon cœur, j'ai gardé un souvenir ineffaçable de ce tableau : Gertrude se reposait, immobile, et respirait la paix du soir, Brigitte se blottissait avec vénération contre la belle femme au visage douloureux, Muoth, un peu voûté, marchait à pas étouffés derrière, dans l'ombre. A la fin, Henri me dit avec une légère ironie et de la tristesse dans le regard :

« Comme ces trois femmes se serrent l'une contre l'autre! Et ta mère est la seule des trois qui semble heureuse. Nous allons essayer d'atteindre son âge. »

Puis chacun partit de son côté : Muoth alla seul à Bayreuth, Gertrude en montagne avec son père, les Teifer en Styrie, et moi je retournai à la mer du Nord avec maman.

Je m'y promenais souvent sur la grève, j'écoutais la mer, et mes pensées ne différaient guère de celles que j'avais eues des années auparavant, dans ma première jeunesse; avec stupéfaction et effroi, je songeais à l'absurde et triste chaos de la vie : l'amour peut être vain, des êtres qui veulent mutuellement faire leur bonheur subissent leur destinée côte à côte, chacun la sienne propre, une destinée inconcevable pour autrui, et chacun voudrait aider son prochain, l'assister, sans y parvenir, comme dans des cauchemars insensés. Souvent je pensais aussi aux propos de Muoth sur la jeunesse et la vieillesse, et je me demandais avec curiosité si la vie me paraîtrait un jour, à moi aussi, simple et facile. Ma mère souriait quand j'y faisais allusion dans nos conversations et semblait vraiment satisfaite. A ma confusion, elle me rappelait mon ami Teifer, qui n'était pas encore vieux, mais assez âgé pour avoir eu sa part d'épreuves, et qui était insouciant comme un enfant, une mélodie de Mozart aux lèvres. Je voyais bien que ce n'était pas une question d'âge, et peut-être notre souffrance et notre ignorance n'étaient-elles que cette maladie dont M. Lohe m'avait parlé autrefois. A moins que ce sage ne fût justement un enfant, lui aussi, comme Teifer?

Quoi qu'il en soit, mes pensées et mes méditations n'y changeaient rien. Quand la musique faisait vibrer mon âme, je comprenais tout. Sans un mot, je sentais de pures harmonies au fond de toute vie, et je croyais savoir que tout événement avait un sens et obéissait à une secrète règle de beauté. Même si ce n'était qu'une illusion, j'en vivais et elle me rendait heureux.

Peut-être aurait-il mieux valu que Gertrude ne se séparât pas de son mari pour l'été. Sans doute, elle commençait à se remettre et lorsque je la revis en automne après le voyage, elle semblait en meilleure santé et plus résistante. Mais les espérances que nous fondâmes sur cette amélioration étaient illusoires.

Gertrude avait passé quelques mois agréables auprès de son père, elle avait pu céder à son besoin de repos et elle s'était abandonnée, avec soulagement, à une existence paisible, sans conflits quotidiens, comme un homme surmené se laisse aller au sommeil dès qu'il peut s'allonger. Mais il apparut alors que son épuisement était plus profond que nous ne l'avions cru et qu'elle n'en avait elle-même eu conscience. Dans l'attente du retour de Muoth, elle sombrait dans une crainte découragée, perdait le sommeil et suppliait son père de la garder quelques semaines encore.

Imthor fut évidemment un peu effrayé, car tout l'avait incité à croire que sa fille se réjouissait de retrouver Muoth avec des forces et une volonté toutes neuves. Il ne s'opposa pas au désir de Gertrude et lui proposa même, prudemment, d'envisager une séparation provisoire assez longue, comme une préparation à un divorce. Elle s'y refusa avec une extrême agitation.

« Mais je l'aime! s'écria-t-elle avec violence, et je veux ne jamais lui être infidèle. Seulement, il est difficile de vivre avec lui. Je désire simplement avoir encore un peu de repos, quelques mois peut-être, jusqu'à ce que j'aie plus de courage. »

Le vieil Imthor essaya de la calmer. Il ne lui déplaisait pas de garder encore un peu son enfant près de lui. Il écrivit à Muoth que Gertrude était toujours souffrante et qu'elle souhaitait de rester pour quelque temps à la maison. Celui-ci en fut très affecté. Pendant cette longue séparation, la nostalgie qu'il avait de sa femme s'était accrue. Il avait attendu son retour avec joie et il était plein de bonnes intentions; il voulait la reconquérir tout à fait.

La lettre d'Imthor lui causa donc une lourde déception. Il répondit aussitôt avec passion, mais non sans une extrême méfiance envers son beau-père. Il croyait que celui-ci avait manœuvré contre lui, puisqu'il souhaitait la séparation du couple, et il exigea une rencontre immédiate avec Gertrude qu'il avait le ferme espoir de reconquérir. Le vieil homme vint me voir avec la lettre, et nous délibérâmes longuement sur ce qu'il fallait faire. Il nous semblait à tous deux nécessaire d'éviter une rencontre entre les époux, pour le moment, car Gertrude ne pouvait, de toute évidence, supporter des scènes orageuses dans son état actuel. Imthor était très préoccupé et il me pria d'aller voir Muoth pour le persuader de laisser Gertrude tranquille pendant un certain temps. Aujourd'hui, je sais que j'aurais dû le faire. A cette époque, j'hésitai, je trouvai dangereux de faire savoir à mon ami que j'étais le confident de son beau-père et que j'étais au courant de circonstances de sa vie dont il n'avait pas voulu m'informer lui-même. Je refusai donc, et Imthor se contenta de lui envoyer une lettre qui, naturellement, n'arrangea rien. Bien au contraire, Muoth arriva sans s'être annoncé et il nous effraya tous par l'intensité à peine contenue de son amour et de sa méfiance. Gertrude, qui ne savait rien du bref échange de lettres, fut très surprise de cette arrivée à laquelle elle ne s'attendait pas encore, et l'irritation presque déchaînée de son mari la consterna. Il y eut une scène pénible dont j'appris peu de chose. Je sus seulement que Muoth pressa Gertrude de revenir à Munich avec lui. Elle se déclara prête à le suivre s'il ne pouvait en être autrement, mais elle le pria de la laisser encore un peu chez son père, car elle était fatiguée et avait besoin de repos. Il lui reprocha alors de vouloir le fuir et d'être poussée par son père. Les douces explications de sa femme ne firent que renforcer sa méfiance et, dans un accès de colère et d'amertume, il perdit si bien tout bon sens qu'il lui ordonna sans détour de revenir avec lui. Là-dessus, la fierté de Gertrude se révolta; elle resta calme, mais elle refusa d'écouter son mari plus longtemps et déclara qu'elle resterait chez son père en tout cas. Le lendemain matin, une sorte de réconciliation eut lieu et Muoth, confus et plein de remords, consentit à ce que voulait sa femme. Puis il repartit sans m'avoir rendu visite.

Lorsque j'appris tout cela je fus effrayé, et je vis arriver la catastrophe que j'avais redoutée dès le début. Après cette scène insensée, il faudrait beaucoup de temps, pensai-je, pour que Gertrude retrouve sa sérénité et le courage de revenir. Henri, de son côté, risquait de devenir encore plus impulsif et, malgré toute sa nostalgie, de s'éloigner d'elle davantage. Il ne supporterait pas longtemps de vivre seul dans la maison où, à une certaine époque, il avait été heureux; il se désespérerait, boirait, se lierait peut-être de nouveau à d'autres femmes qui, de toute façon, le poursuivaient.

Il n'en fut rien cependant. Muoth écrivit à Gertrude et lui demanda pardon. Elle lui répondit et l'exhorta avec compassion à la patience. A cette époque je la vis peu. Parfois je tentais de l'inciter à chanter, mais elle secouait toujours la tête. Pourtant, à plusieurs reprises, je la surpris au piano.

Il me semblait étrange et inquiétant de trouver maintenant farouche et bouleversée jusqu'au plus profond de ses sentiments, cette femme belle et fière que j'avais toujours vue pleine de force, de joie et de paix intérieure. Elle venait parfois chez ma mère, elle nous demandait comment nous allions, restait assise un moment auprès de la vieille femme, sur le divan gris, et essayait de bavarder. Je l'écoutais, le cœur serré, et je voyais quelle peine lui coûtait un sourire. Les apparences restaient sauves, comme si, ni moi ni personne ne connaissions sa souffrance, ou comme si nous ne la tenions que pour de la nervosité et de la faiblesse physique. J'osais donc à peine la regarder dans les yeux, car sa détresse inavouée, que je devais ignorer, s'y lisait trop distinctement. Et nous parlions, nous vivions, nous nous côtoyions comme si de rien n'était; et pourtant nous étions gênés et nous nous évitions! Au milieu de cette triste confusion de sentiments, l'idée que son cœur n'appartenait plus à son mari et qu'il était libre s'emparait de temps à autre de mon esprit avec une soudaine et fiévreuse ardeur. Je pensais qu'il dépendait de moi de ne pas perdre de nouveau Gertrude, de la conquérir et de la soustraire, dans mes bras, à toutes les souffrances. Je m'enfermais alors, je jouais la musique passionnée de mon opéra, que j'aimais et comprenais comme avant; je passais des nuits embrasées de langueur, je souffrais une fois encore les tourments de la jeunesse que j'avais surmontés en souriant. J'étais en proie aux mêmes désirs irréalisables, et ce n'était pas moins douloureux qu'à l'époque où, pour la première fois, la passion m'avait consumé et où j'avais donné à Gertrude un unique baiser que je n'oubliais pas. Sa flamme dévorait de nouveau mes lèvres et réduisait en cendres, en quelques heures, le calme et le renoncement de longues années.

Ce n'était qu'en présence de Gertrude que ce déchaînement s'apaisait. Même si j'avais été assez fou et assez vil pour céder à mon désir et tenter de gagner son cœur sans égard pour son mari qui était aussi mon ami, le regard de cette femme délicate et obstinée, qui souffrait et ne voulait pas rejeter sa souffrance, m'aurait fait honte et je n'aurais pu l'aborder autrement qu'avec compassion et de prudents ménagements. D'ailleurs, plus elle souffrait et plus, peut-être, elle perdait espoir, plus elle devenait fière et inaccessible. Sa haute silhouette, sa figure aux traits fins étaient plus droites, plus nobles que jamais. Elle ne permettait à aucun de nous de l'approcher ni de l'aider à porter le poids de sa peine, même avec la plus grande discrétion.

Ces longues semaines silencieuses ont peut-être été parmi les plus difficiles de ma vie : d'un côté Gertrude, proche de moi et pourtant inaccessible; de l'autre, Brigitte dont je connaissais l'amour et avec laquelle des relations supportables se rétablissaient après une assez longue période pendant laquelle nous nous étions évités. Entre nous, ma vieille mère qui nous voyait souffrir, devinait tout et n'osait rien dire puisque je me taisais moi-même avec obstination et n'arrivais pas à prendre sur moi de dire un mot de mon état. Mais le pire, c'était de voir, avec une mortelle lucidité et une certitude désespérée, que mes amis les plus chers allaient à leur perte, sans pouvoir même montrer que je le savais.

Le père de Gertrude semblait souffrir plus que tout autre. Il avait vieilli, changé, depuis l'époque où j'avais fait sa connaissance et où il était un vieux monsieur intelligent, énergique, calme et gai. Il parlait d'une voix plus basse et plus inquiète, il ne plaisantait plus et avait l'air soucieux et malheureux. Un jour de novembre, j'allai le voir, plus pour apprendre du nouveau et trouver du réconfort que pour lui offrir la consolation d'une présence.

Il me reçut dans son bureau, m'offrit un de ses délicieux cigares et commença l'entretien sur un ton courtois et léger qui lui était pénible, et auquel il renonça bientôt. Il me sourit d'un air désolé et me dit :

« Vous voulez savoir comment elle va? Mal, cher monsieur, mal. Cette enfant a sans doute souffert beaucoup plus que nous ne le soupçonnions, sinon elle se remettrait mieux. Je suis décidé au divorce mais elle ne veut pas en entendre parler. Elle l'aime, elle l'affirme du moins, et pourtant elle a peur de lui! Ce n'est pas bon signe. Cette enfant est malade, elle ferme les yeux et ne veut plus rien voir. Elle s'imagine que tout doit s'arranger si l'on attend et si on la laisse tranquille. C'est nerveux, naturellement, mais elle semble profondément atteinte. Figurez-vous qu'elle craint parfois que son mari ne la maltraite si elle retourne auprès de lui! Et pourtant elle dit qu'elle l'aime. »

Il semblait ne pas comprendre Gertrude et considérait la situation avec désespoir. Je devinais quel conflit entre l'amour et l'orgueil la déchirait. Elle ne craignait pas qu'il la batte; elle craignait de ne plus pouvoir l'estimer, et elle espérait que son attente inquiète lui donnerait des forces. Elle avait su lui imposer un frein et le tenir sous son emprise, mais elle s'était tellement épuisée qu'elle ne se fiait plus à ses forces pour continuer; c'était là sa maladie. Elle aspirait à retourner auprès de lui, et elle redoutait pourtant de le perdre tout à fait si une nouvelle tentative de vie commune ne réussissait pas. Je voyais clairement combien mes impudents rêves amoureux avaient été vains et aveugles : Gertrude aimait son mari et ne s'intéresserait jamais à un autre homme.

Le vieil Imthor évitait de parler de Muoth, car il me savait son ami. Mais il le haïssait et ne pouvait comprendre qu'il eût pu fasciner Gertrude. Il se le représentait comme un magicien malfaisant qui capture des innocents et ne les rend jamais... La passion est, par essence, mystérieuse et il ne fait pas de doute que la vie n'épargne pas ses enfants les plus beaux, que les êtres parés de splendeur sont précisément ceux qui se trouvent contraints d'aimer ce qui les mène à leur perte.

Au milieu de ces sombres pensées, une courte lettre de Muoth m'apporta presque du soulagement. Il m'écrivait :

« Cher ami,

« On joue maintenant ton opéra partout, et peut-être mieux qu'ici. Tu serais tout de même gentil de revenir une fois, la semaine prochaine par exemple, car je chanterai ton rôle à deux reprises. Tu sais que ma femme est malade et que je suis seul ici. Tu pourrais ainsi loger chez moi sans façon. Mais viens seul!

« Amicalement,

« MUOTH. »

Il écrivait si rarement – et jamais pour rien – que je décidai aussitôt de partir. Il devait avoir besoin de moi. Un instant, je songeai à informer Gertrude. C'était peut-être une bonne occasion de rompre la tension, elle me confierait peut-être une lettre pour lui ou me chargerait de paroles encourageantes, elle le prierait peut-être de venir, peut-être m'accompagnerait-elle. Mais ce ne fut qu'un projet, je ne le réalisai pas. Avant mon départ, je rendis seulement visite à son père.

L'automne se terminait dans la tristesse, sous la pluie, avec de nombreuses tempêtes; de Munich on voyait parfois les montagnes proches couvertes de neige fraîche.

La ville était sombre et humide. Je me rendis aussitôt chez Muoth. Tout y était comme un an auparavant : le même serviteur, les mêmes pièces, la même disposition des meubles. Mais tout semblait inhabité et vide, il manquait les fleurs dont Gertrude s'occupait d'habitude. Muoth n'était pas là, le serviteur me conduisit à ma chambre et m'aida à défaire mes bagages; je me changeai et, comme le maître de la maison n'était pas encore rentré, je descendis au salon de musique. Derrière les doubles fenêtres, les arbres gémissaient et j'eus le temps de songer au passé. Tandis que je restais assis, regardant les tableaux ou feuilletant des livres, une tristesse croissante envahissait mon cœur, comme s'il n'y avait plus rien à faire pour cette maison. Involontairement, je me mis au piano afin de chasser mes pensées, et je jouai le prélude des noces, comme si je pouvais grâce à lui racheter le bonheur passé. Enfin j'entendis des pas rapides et lourds, et Henri Muoth entra. Il me tendit la main et me jeta un regard las.

« Excuse-moi, dit-il, j'avais à faire au théâtre. Tu sais que je chante ce soir. Allons déjeuner, veux-tu? »

Il me précéda. Je le trouvai changé, il était distrait et indifférent, il ne parlait que du théâtre et ne semblait pas souhaiter un autre sujet de conversation. Ce ne fut qu'après le repas, lorsque nous fûmes assis face à face dans les fauteuils jaunes en rotin, silencieux et presque embarrassés, qu'il dit à l'improviste :

« Tu as été gentil de venir! Et je veux faire un effort tout particulier ce soir.

– Merci, dis-je. Tu n'as pas bonne mine.

– Tu crois? Eh bien, nous serons gais tout de même. Je suis célibataire, tu sais.

– Oui. »

Il détourna les yeux.

« Tu n'as pas de nouvelles de Gertrude?

– Rien de particulier. Elle est toujours nerveuse et ne dort pas bien...

– Oui, laissons cela! Elle est en bonnes mains chez vous. »

Il se leva et arpenta la pièce. Il semblait vouloir ajouter quelque chose, puis il me dévisagea avec attention et méfiance, à ce qu'il me parut.

Il se mit à rire et ne s'expliqua pas.

« Charlotte a fait une réapparition, reprit-il.

– Charlotte?

– Oui, celle qui était venue te voir autrefois en se plaignant. Elle est ici, mariée, et l'on dirait qu'elle s'intéresse encore à moi. Elle est venue me rendre une visite en bonne et due forme. »

Il me regarda de nouveau avec malice et rit de me voir inquiet.

« L'as-tu reçue? demandai-je avec réticence.

– Ah! tu m'en crois capable! Non, mon cher, je l'ai fait renvoyer. Mais pardon, je dis des sottises. Je suis si terriblement las, et ce soir je dois chanter. Si tu le permets, je vais dormir une heure.

– Bien, Henri, repose-toi, je vais un peu en ville. Veux-tu me faire venir une voiture? »

Je ne voulais pas rester seul dans cette maison à écouter le vent dans les arbres. J'allai en ville, sans but, et me retrouvai à l'ancienne Pinacothèque. Pendant une demi-heure, dans la lumière grise et morne, je regardai les tableaux, puis on ferma, et je ne trouvai rien de mieux à faire que de m'asseoir dans un café pour lire les journaux et regarder par les hautes vitres les rues ruisselantes de pluie. Je résolus de parler franchement à Henri. Mais à mon retour, je le trouvai souriant et de bonne humeur.

« Je manquais seulement de sommeil, me dit-il d'une voix gaie. Maintenant, je suis de nouveau tout à fait dispos. Tu vas me jouer quelque chose, n'est-ce pas? Le prélude, si tu veux bien. »

Agréablement surpris d'un changement si rapide, je me soumis à son vœu, et lorsque j'eus fini, il bavarda comme autrefois, avec ironie et un léger scepticisme; il fit chatoyer son esprit et, une fois encore, il me séduisit. Je me souvins des débuts de notre amitié et, le soir, lorsque nous quittâmes la maison, je regardai involontairement autour de moi et lui demandai :

« Tu n'as plus de chiens?

– Non... Gertrude ne les aimait pas. »

Nous partîmes en silence vers le théâtre. Je saluai le chef d'orchestre et je me fis indiquer une place. J'écoutai de nouveau cette musique qui m'était bien connue, mais tout était différent de la dernière fois. J'étais seul dans ma loge, Gertrude était absente et celui qui sur scène jouait et chantait était différent, lui aussi. Il chantait avec passion, avec emportement. Le public semblait l'aimer et fut pris dès le début. La fougue de Muoth me paraissait cependant excessive et sa voix trop tendue, presque rude. Au premier entracte, je descendis et j'allai le voir. Il buvait du champagne dans sa loge et, pendant notre bref entretien, son regard resta vague comme celui d'un homme pris de boisson. Tandis qu'il se changeait, j'allai voir le chef d'orchestre.

« Dites-moi, lui demandai-je, Muoth est-il malade? J'ai l'impression qu'il s'est maintenu grâce au champagne. Vous savez qu'il est mon ami. »

Le chef me jeta un regard hésitant.

« Je ne sais s'il est malade, dit-il, mais il est bien évident qu'il court à sa perte. Il lui arrive d'entrer en scène presque ivre, et il joue mal et chante de façon lamentable s'il ne boit pas. Autrefois déjà, avant d'entrer en scène, il buvait un verre de mousseux, maintenant c'est au moins une bouteille. Si vous voulez lui donner un conseil... mais il n'y a sans doute pas grand-chose à faire. »

Muoth vint me chercher et nous soupâmes dans un restaurant voisin. Il était nerveux et distant comme au début de l'après-midi, il buvait sans mesure un vin rouge sombre sans lequel il disait ne pouvoir dormir. Il semblait vouloir oublier à tout prix qu'il existait au monde autre chose que sa fatigue et son besoin de sommeil.

Pendant le trajet en voiture, il se réveilla un instant, me regarda, éclata de rire et s'écria :

« Mon garçon, quand je ne serai plus là tu pourras mettre ton opéra de côté, je suis le seul à pouvoir chanter le rôle. »

Le lendemain il se leva tard, toujours fatigué et abattu, le regard mal assuré, le visage gris. Après le petit déjeuner, je l'entrepris et lui fis la leçon.

« Tu te détruis, lui dis-je avec tristesse et humeur. Tu puises des forces dans le champagne, et ensuite il faut évidemment que tu le paies. Je devine pourquoi tu agis ainsi et je n'y verrais pas d'inconvénient si tu n'avais une femme. Tu lui dois de te conduire avec décence et courage, dans ta vie intérieure comme dans tes actes.

– Vraiment, dit-il avec un faible sourire (et mon zèle semblait l'amuser). Et elle, que me doit-elle donc ? A-t-elle une conduite courageuse ? Elle reste chez papa et me laisse seul. Pourquoi devrais-je me ressaisir, alors qu'elle ne le fait pas ? Tout le monde sait déjà que c'est fini entre nous, et tu le sais aussi. De plus, je dois encore chanter et faire le guignol pour le public. L'inspiration ne peut se trouver dans le néant ou dans le dégoût de tout. L'art me dégoûte plus encore que le reste.

– Tu dois tout de même t'y prendre autrement, Muoth ! Si seulement ce genre de vie te rendait heureux... Mais tu es dans un état lamentable. S'il t'est trop pénible de chanter, demande un congé, on te l'accordera sur-le-champ. Tu n'as même pas besoin de l'argent que tu gagnes au théâtre. Pars à la montagne, ou à la mer, ou n'importe où, mais retrouve ta santé ! Renonce à cette stupide habitude de boire ! Ce n'est pas seulement stupide : c'est de la lâcheté, tu le sais bien. »

Il se contenta de sourire :

« Bon, dit-il froidement, alors lève-toi et danse une

valse. Cela te ferait du bien, crois-moi! Ne pense donc pas toujours à ta stupide jambe, ce n'est qu'une illusion!

– Tais-toi! m'écriai-je irrité. Tu sais parfaitement que c'est autre chose. J'aimerais bien danser si je le pouvais, mais je ne le peux pas. Toi, tu pourrais très bien te ressaisir et te montrer plus intelligent. Il faut absolument que tu cesses de boire!

– Absolument!... Mon cher Kuhn, tu me ferais presque rire. Il m'est aussi difficile de me transformer et de cesser de boire qu'il t'est difficile de danser. Je dois m'en tenir à ce qui, à grand-peine, me rattache encore à la vie et préserve mon équilibre, comprends-tu? D'habitude, les buveurs se laissent convertir lorsqu'ils trouvent à l'Armée du Salut, ou n'importe où, quelque chose qui leur donne de plus grandes ou de plus durables satisfactions. J'ai eu, moi aussi, de telles compensations, c'étaient les femmes. Je ne peux plus me lier à d'autres femmes depuis que la mienne a été mienne, et m'a quitté, alors...

– Elle ne t'a pas quitté! Elle reviendra. Elle est simplement malade.

– C'est ce que tu crois, c'est ce qu'elle croit elle-même, je le sais. Mais elle ne reviendra pas. Lorsqu'un navire va sombrer, les rats l'abandonnent. Eux aussi, ils ne savent probablement pas que le bateau est perdu. Ils éprouvent un frisson désagréable et se sauvent avec la meilleure intention de revenir bientôt.

– Ah! ne dis donc pas cela! Souvent déjà la vie t'a désespéré, puis tout s'est arrangé.

– C'est juste. Tout s'est arrangé parce que j'ai trouvé une consolation ou un moyen de m'étourdir. C'était tantôt une femme, tantôt un ami cher. Eh! oui, toi-même tu m'as déjà rendu ce service – ou bien encore la musique ou les applaudissements au théâtre. Eh bien, ces mêmes choses ne me consolent plus. C'est pourquoi je bois. Je ne pourrais pas chanter sans quelques verres, mais je ne peux pas non plus penser, ni parler, ni vivre, ni me supporter... sans quelques verres. Et maintenant c'est fini, tu dois cesser de me sermonner, bien que cela t'aille à merveille. Il s'est passé la même chose il y a douze ans environ. A ce moment-là aussi, quelqu'un m'a sermonné, sans relâche, à cause d'une fille, et il se trouvait que c'était mon meilleur ami...

– Et alors?

– Alors, il m'a contraint de le mettre à la porte, après quoi je n'ai plus eu d'amis pour longtemps, jusqu'à ce que tu viennes, en fait.

– Voilà qui est clair.

– N'est-ce pas? dit-il d'une voix douce. Tu as le choix. Mais je veux te dire que ce ne serait pas bien si tu me fuyais aussi. Je t'aime bien, tu sais, et j'ai pensé que tu devais avoir une joie, toi aussi.

– Vraiment. Et laquelle?

– Voilà, tu aimes bien ma femme – ou du moins, tu l'aimais bien, et moi aussi je l'aime bien, beaucoup même. Alors ce soir, nous ferons une fête, tout seuls, toi et moi, en son honneur. A vrai dire, il y a même une raison : j'ai fait faire son portrait, au printemps. Je l'ai souvent accompagnée aux séances de pose. Le peintre en voulait une de plus mais j'ai assez attendu et j'ai pris le tableau il y a huit jours, tel qu'il était. Je l'ai fait encadrer, on me l'a apporté hier. Je te le montrerais bien maintenant, mais il vaut mieux que cette présentation soit solennelle. Evidemment, elle ne sera pas possible sans un peu de champagne, sinon comment pourrais-je être joyeux! Cela te va-t-il? »

Sous le ton léger, je percevais de l'émotion, et même des larmes, dans la voix de Henri. Je l'approuvai avec une gaieté qui ne correspondait pas du tout à mon humeur. Nous préparâmes notre fête en l'honneur de la femme qui lui semblait aussi définitivement perdue pour lui qu'elle l'était en réalité pour moi.

« Te rappelles-tu quelles étaient ses fleurs? me demanda-t-il. Je ne connais rien aux fleurs, et je ne sais pas leur nom. Elle en avait toujours des blanches et des jaunes, et aussi des rouges. Tu ne sais plus lesquelles?

– Si, je me souviens de certaines. Pourquoi?

– Il faut que tu achètes celles-là. Fais venir une voiture, de toute façon, il faut que j'aille en ville. J'ai des choses à faire. Nous allons agir comme si elle était là. »

Certains détails lui vinrent encore à l'esprit, ce qui montrait avec quelle intensité, avec quelle constance il avait pensé à Gertrude. Il m'était doux et pénible de le remarquer. A cause d'elle, il n'avait plus de chiens; à cause d'elle, il vivait seul, lui qui autrefois n'avait jamais pu rester sans femme. Il avait commandé son portrait, il me demandait d'acheter des fleurs! C'était comme s'il enlevait un masque, comme si, derrière des traits durs et égoïstes, se révélait un visage d'enfant.

Je fis une objection :

« Nous ferions mieux de regarder le portrait maintenant ou cet après-midi. Il faut voir les tableaux à la lumière du jour.

– Eh! quoi, tu le regarderas demain à loisir. J'espère que c'est de la bonne peinture, mais au fond cela nous est tout à fait égal, ce que nous voulons, c'est la voir. »

Après le déjeuner, nous partîmes en ville où nous fîmes des achats. Nous rapportâmes des chrysanthèmes, une corbeille de roses et quelques branches de lilas blanc. Il eut l'idée de faire expédier un gros colis de fleurs à Gertrude, à R.

« Il est vrai que les fleurs sont d'une grande beauté, dit-il d'un air pensif. Je comprends que Gertrude les aime. Elles me plaisent aussi, mais je suis incapable d'apporter le moindre soin à pareille chose. Quand il n'y avait pas de femme chez moi, tout y était en désordre et on ne s'y sentait pas vraiment à son aise. »

Le soir, je trouvai le nouveau tableau dressé dans le salon de musique et recouvert d'un voile de soie. Notre repas de cérémonie achevé, Muoth voulut entendre le prélude des noces avant de dévoiler le portrait. Gertrude y était peinte en robe légère d'été, en pied, et nous regardait dans la confiance de ses yeux clairs; un certain temps s'écoula avant qu'il nous fût possible de nous regarder et de nous donner la main. Muoth remplit deux verres de vin du Rhin, inclina un peu la tête vers le portrait, et nous bûmes à celle qui occupait nos pensées. Puis il prit avec précautions le tableau dans ses bras et l'emporta hors de la pièce.

Je le priai de chanter quelque chose, mais il ne voulut pas.

« Te souviens-tu, me dit-il en souriant, de cette soirée que nous avons passée ensemble avant mon mariage? Me voilà redevenu célibataire, et nous allons essayer une fois encore de faire tinter nos verres et d'être un peu joyeux. Ton Teifer devrait être avec nous, en matière de gaieté il s'y connaît mieux que toi et moi. Il faut que tu lui transmettes mes meilleures salutations à ton retour. Certes, il ne peut me souffrir mais tout de même... »

Avec cet enjouement mesuré que ses meilleures heures réservaient toujours, il rappela le passé, et je fus surpris de constater comme sa mémoire était fidèle, même en ce qui concernait des petits faits sans importance. Il n'avait pas oublié la toute première soirée que j'avais passée chez lui avec Marion et Kranzl, non plus que la querelle que nous avions eue alors. Il ne parla pas de Gertrude; il n'évoqua pas le temps pendant lequel elle avait été entre nous, et cela me fut agréable.

Je prenais plaisir à ces heures inespérées, et je le laissais faire largement honneur au bon vin; sans l'admonester. Je savais qu'il se trouvait rarement dans de telles dispositions et qu'il les préservait avec soin lorsqu'elles se présentaient; ce qui, à vrai dire, ne se produisait jamais sans vin. Je savais aussi que cette euphorie ne pouvait durer; que, le lendemain, Henri serait de nouveau morose et inaccessible. Pourtant, moi aussi, je me sentais des dispositions cordiales, presque joyeuses, en écoutant les propos sages, et pourtant contradictoires, de mon hôte.

De temps à autre, il me jetait le beau regard qu'il n'avait qu'à ces heures-là et qui semblait jailli, comme celui d'un homme à peine éveillé, du plus profond d'un rêve.

A un moment, alors qu'il se taisait, je me mis à lui raconter ce que mon théosophe m'avait dit de la maladie des solitaires.

« Vraiment, me dit-il avec bienveillance. Et naturellement, tu l'as cru. En fait, tu aurais dû te faire théologien.

– Pourquoi? Il y a peut-être quelque chose de vrai dans sa doctrine.

– Naturellement. Les hommes intelligents démontrent toujours, de temps en temps, que tout n'est qu'illusion. Tu sais, autrefois, j'ai lu de tels livres, et je peux seulement dire qu'ils ne contiennent rien de vrai. Tout ce qu'écrivent ces philosophes n'est qu'un jeu – un jeu qui les console peut-être. L'un cultive l'individualisme parce qu'il ne peut souffrir ses contemporains, l'autre le socialisme parce qu'il ne supporte pas de vivre tout seul. Il se peut que le sentiment de solitude soit une maladie. Et qu'est-ce que cela change? Le somnambulisme est aussi une maladie, le bonhomme qui en est atteint ne s'en promène pas moins réellement sur une gouttière et, si on l'appelle, il se rompt le cou.

– Mais ce n'est pas la même chose.

– Si tu veux, je ne tiens pas à avoir raison. J'estime seulement que la sagesse ne mène à rien. Il n'y a que deux vérités possibles, tout le reste n'est que littérature.

– De quelles vérités veux-tu parler?

– Ou bien le monde est mauvais, sordide, comme l'affirment les bouddhistes et les chrétiens. Dans ce cas, il faut se mortifier, renoncer à tout, et je crois qu'on peut alors connaître une relative satisfaction. Les ascètes ne mènent pas une vie aussi difficile qu'on l'imagine. Ou bien le monde et la vie sont bons et justes, et alors on ne peut qu'en prendre sa part, puis mourir tranquillement, parce qu'alors tout est fini.

– Et que crois-tu toi-même ?

– Il ne faut le demander à personne. La plupart des gens croient l'un et l'autre, suivant le temps qu'il fait, leur état de santé et l'argent qu'ils ont en poche. Et ceux qui croient vraiment ne vivent pas selon leur croyance. Il en est de même pour moi. Je crois, en effet, comme Bouddha, que la vie ne vaut rien. Mais je vis tout de même comme il plaît à mes sens et comme s'ils constituaient l'essentiel. Si seulement c'était agréable... »

Il n'était pas encore bien tard lorsque notre soirée prit fin. En traversant la pièce voisine, où seule une lampe électrique était allumée, Muoth me saisit le bras, alluma toutes les lumières et ôta le voile du portrait de Gertrude, qui était appuyé à un mur. Une dernière fois, nous regardâmes ce cher visage si pur, puis il rabattit le voile et éteignit les lumières. Il m'accompagna à ma chambre, posa quelques revues sur ma table pour le cas où je voudrais lire, et me donna la main en me disant doucement :

« Bonne nuit, mon cher! »

Je me couchai. Une demi-heure encore je restai éveillé en pensant à lui. J'avais été touché, et assez confus, de voir avec quelle fidélité il se souvenait des petits faits de notre amitié. Lui qui n'était pas expansif était attaché plus profondément que je ne le pensais à ceux qu'il aimait.

Je m'endormis et rêvai, pêle-mêle, de Muoth, de mon opéra et de M. Lohe. Lorsque je me réveillai, il faisait encore nuit. Une frayeur qui n'avait rien à voir avec mes rêves m'avait tiré du sommeil. Dans la morne pénombre, je distinguai le rectangle blafard de la fenêtre et je me sentis inquiet, oppressé. Je me dressai dans mon lit et j'essayai de m'éveiller tout à fait et de m'éclaircir l'esprit.

J'entendis alors des coups rapides et violents à ma

porte, je sautai du lit et j'ouvris; il faisait froid et je n'avais pas encore allumé de lumière. Dehors, il y avait le serviteur, à peine vêtu qui me fixait avec angoisse de ses yeux effarés.

« Venez, chuchota-t-il d'une voix tremblante, venez, il est arrivé un malheur. »

Je passai une robe de chambre et je descendis l'escalier derrière le jeune homme. Il ouvrit une porte, s'écarta et me laissa entrer. Sur une petite table de rotin, un candélabre à trois chandelles éclairait la pièce. Dans le lit bouleversé, je vis mon ami Muoth, la tête tournée vers l'oreiller.

« Nous devons le retourner », dis-je à voix basse.

Le domestique osait à peine approcher.

« Il faut qu'un médecin vienne tout de suite », dit-il en bégayant.

Mais je le forçai à m'aider. Nous retournâmes le corps, et je regardai le visage blême et crispé de mon ami dont la chemise était pleine de sang. Lorsque nous l'étendîmes et que nous remontâmes la couverture, sa bouche eut un léger frémissement, ses yeux étaient sans regard.

Le domestique se mit alors à parler avec volubilité, mais je ne voulais rien savoir. Lorsque le médecin arriva, Muoth n'était déjà plus. Le matin, je télégraphiai à Imthor, puis je revins à la maison, et restai au chevet du mort. J'entendis le vent gémir dans les arbres et ce fut alors seulement que je sus à quel point j'avais aimé cet homme. Je ne pouvais le plaindre, sa mort avait été plus facile que sa vie.

Le soir, je me trouvai à la gare. Je vis le vieil Imthor descendre du train, suivi d'une grande femme vêtue de noir. Je les conduisis auprès du mort que l'on avait habillé et qui était allongé sur un catafalque au milieu des fleurs de la veille. Alors Gertrude s'inclina et embrassa ses lèvres pâles.

Lorsque nous fûmes autour de la tombe, je vis une grande et belle femme en larmes, des roses à la main, qui se tenait à l'écart. Je reconnus Charlotte. Elle me fit signe et je souris. Gertrude ne pleurait pas. Dans son mince visage sans couleur, ses yeux regardaient sévèrement avec une extrême attention droit devant eux, dans la pluie légère que le vent éparpillait. Elle se tenait ferme comme un jeune arbre dont rien ne pouvait ébranler les racines. Mais ce n'était qu'une attitude de défense, et deux jours plus tard, en ouvrant le colis de fleurs de Muoth qui était arrivé en son absence, elle s'effondra et fut longtemps invisible pour chacun de nous.

LA douleur ne m'affecta vraiment que plus tard, moi aussi. Comme cela arrive toujours, je me souvins d'innombrables circonstances où je n'avais pas rendu justice à mon ami disparu. Pourtant, c'était à lui qu'il s'était fait le plus de tort, de par la conduite de sa vie. Je réfléchissais beaucoup à tout cela, et je ne pouvais rien trouver d'obscur et d'incompréhensible dans ce destin, où tout était cruel et ironique. Il n'en allait pas autrement de ma propre vie, de celle de Gertrude et de tant d'autres. Le destin n'est pas bienveillant, la vie est capricieuse et cruelle, il n'y a ni bonté ni raison dans la nature. Mais en nous, dans l'être humain, il y a bonté et raison, bien que le hasard se joue de nous; et nous pouvons être plus forts que la nature et le destin, ne fût-ce qu'en de rares moments. Nous pouvons nous entraider, offrir d'un regard notre compréhension à autrui, nous pouvons nous aimer les uns les autres et vivre pour notre consolation mutuelle.

Et parfois, quand faiblissent les forces des ténèbres, nous pouvons faire plus encore : pour un instant être des dieux, soumettre des éléments à notre volonté en étendant la main et créer des objets tels qu'ils poursuivent leur existence hors de nous. Avec des sons et des mots, et d'autres éléments périssables et sans valeur intrinsèque, nous pouvons inventer des jeux, des mélodies et des chants riches de sens, de consolation et de bonté, doués de vertu éternelle et plus beaux que les jeux tapageurs du hasard et du destin. Nous pouvons porter Dieu dans notre cœur, et de temps à autre, lorsqu'il nous emplit de ferveur, il peut parler par nos yeux et notre bouche, et s'adresser ainsi à ceux qui ne le connaissent pas ou ne veulent pas le connaître. Notre cœur ne peut se dérober à la vie, mais nous pouvons lui imposer une discipline et lui apprendre qu'il est plus fort que le hasard et qu'il peut contempler la souffrance sans se briser.

C'est ainsi qu'au cours des années écoulées depuis l'enterrement de Henri Muoth, je l'ai fait revivre des milliers de fois en moi, et je me suis entretenu avec lui en termes plus sages et plus affectueux que jamais de son vivant. Et, lorsque les temps furent venus, je vis ma vieille mère s'allonger et mourir; je vis aussi mourir la jolie, la gaie Brigitte Teifer, qui après des années d'attente, sa blessure guérie, avait épousé un musicien et n'avait pas survécu à la naissance de son premier enfant.

Gertrude avait surmonté la douleur qui s'était abattue sur elle lorsqu'elle avait reçu nos fleurs, salutations et hommages d'un mort. Je n'en parle guère avec elle, bien que je la voie tous les jours. Mais je crois qu'elle se souvient de son printemps comme d'une lointaine vallée entrevue un jour de voyage, il y a bien longtemps, et non pas comme d'un paradis perdu. Elle a retrouvé ses forces et son enjouement, elle s'est remise à chanter. Mais depuis son froid baiser sur les lèvres du mort, elle n'a plus embrassé aucun homme. Une fois ou deux, au cours des ans, alors que tout son être avait recouvré la santé et s'épanouissait comme entouré d'un halo de l'ancien parfum un peu âcre, mes pensées s'engagèrent de nouveau sur les mêmes voies interdites qu'autrefois, vers elle, et je me demandai : « Pourquoi pas? » Mais au fond de moi, je savais déjà la réponse : rien ne modifierait plus sa vie ni la mienne. Elle est mon *ami*, et lorsque après une période agitée et solitaire je sors de ma retraite, ayant composé un *lied* ou une sonate, l'œuvre nous appartient d'abord à tous deux. Muoth avait raison, la vieillesse apporte plus de contentement que la jeunesse; et pourtant, je ne veux pas dénigrer la jeunesse car, dans tous mes rêves, j'entends encore, comme un écho, sa merveilleuse mélodie; elle résonne aujourd'hui en sons plus purs et plus limpides que lorsqu'elle était une réalité.

## DU MÊME AUTEUR

*Chez le même éditeur :*

LE LOUP DES STEPPES.

PETER CAMENZIND.

L'ORNIÈRE.

NARCISSE ET GOLDMUND.

LE VOYAGE EN ORIENT.
Préface d'André Gide.

LE JEU DES PERLES DE VERRE.

ROSSHALDE.

KNULP.

LE DERNIER ÉTÉ DE KLINGSOR.

ENFANCE D'UN MAGICIEN.

LES FRÈRES DU SOLEIL.

BERTHOLD.

LA LEÇON INTERROMPUE.

UNE PETITE VILLE D'AUTREFOIS.

LA CONVERSION DE CASANOVA.

LETTRES (1900-1962).

LE POÈTE CHINOIS.

*A paraître :*

FIANÇAILLES.

IMPRIMÉ EN FRANCE PAR BRODARD ET TAUPIN
58, rue Jean Bleuzen - Vanves - Usine de La Flèche.
LIBRAIRIE GÉNÉRALE FRANÇAISE - 14, rue de l'Ancienne-Comédie - Paris.

ISBN : 2 - 253 - 03674 - 9

42/3058/7